BIGARRURES

ANECDOTIQUES;

CONTES, SORNETTES, ÉPIGRAMMES,
PIÈCES DE CIRCONSTANCE, SOUVENIRS, ETC.

PAR FABIEN PILLET.

...ovence.

...UR

...AINEMENT

PARIS, POÈME EN 4 CHANTS,

CHEZ LES MARCHANDS ...ure locale.

1853.

BIGARRURES

ANECDOTIQUES;

CONTES, SORNETTES, ÉPIGRAMMES,
PIÈCES DE CIRCONSTANCE, SOUVENIRS, ETC.

PAR FABIEN PILLET.

ovence.

EUR

AINEMENT

PARIS, POÈME EN 4 CHANTS,

CHEZ LES MARCHANDS aure locale.

1838.

BIGARRURES
ANECDOTIQUES.

IMPRIMERIE DE TERZUOLO,
RUE DE VAUGIRARD, N° 11.

BIGARRURES

ANECDOTIQUES;

CONTES, SORNETTES, ÉPIGRAMMES, PIÈCES DE CIRCONSTANCE, SOUVENIRS, ETC.

PAR FABIEN PILLET.

> « Ah! ma cousine, pensez-vous que dans les
> »quatre-vingt-dix mille brochures imprimées à
> »Paris depuis dix ans, mes opuscules puissent
> »trouver place, et que je puisse surnager sur
> »le fleuve de l'oubli, qui engloutit tant de
> »belles choses.....? »
>
> (*Préface de Catherine Vadé.*)

PARIS.

CHEZ LES MARCHANDS DE NOUVEAUTÉS.

1838.

PRÉFACE.

Ce n'est pas au public, c'est à un petit nombre d'amis que je présente ces vers : le public est trop occupé d'intérêts sérieux pour agréer de pareilles frivolités ; mais quelques-uns des hommes avec lesquels j'ai vécu pendant près d'un demi-siècle, et dont j'ai conservé l'amitié dans les temps les plus difficiles, ne dédaigneront pas, je l'espère, ce petit présent, qui leur rappellera des souvenirs de jeunesse.

Peut-être encore trouverai-je grâce devant le petit nombre des investigateurs philosophes qui vont cherchant, jusque dans les moindres choses, des sujets d'études historiques. J'ai vu de près tous les événements qui se sont succédé en France depuis la prise de la Bastille, et ils m'ont inspiré plus d'une fois des vers de circonstance. Il en résulte qu'insensiblement j'ai composé un recueil dont les diverses parties se rapportent plus ou moins aux principaux faits de cette grande époque, et qu'on y pourra trouver quelques reflets du genre d'esprit qui régnait alors dans la société. La Satire Mœnippée et les facéties du baron de Fœneste peignent peut-être mieux que les histoires de Daniel et de Mézeray les mœurs des Français au temps de la Ligue.

Je prévois néanmoins une critique, juste en apparence : il m'est arrivé de varier dans mes jugements sur les hommes de la révolution, et c'en est assez pour qu'on inscrive mon nom sur la liste des girouettes. Eh bien, girouette, soit! je ne repousse pàs un titre qui appartient à toute la France. Comment, en effet, ne pas changer de sentiments à l'égard des gens qui changent tout-à-fait de conduite? L'homme véritablement fidèle à ses principes est celui qui ne les sacrifie pas aveuglément à ses affections; c'est celui qui, ayant sincèrement aimé la révolution en 1789, lorsqu'elle semblait nous promettre une liberté sage, s'est vu forcé de haïr et de combattre en 1793 la tyrannie révolutionnaire. On sent que l'histoire de l'empire et celle de la restauration me fourniraient beaucoup d'autres exemples bons à citer; mais je laisse cette tâche trop sérieuse à MM. Thiers, Guizot et Lacretelle; ils sont nos maîtres en fait d'histoire.

Qu'on ne m'accuse pas non plus de méchanceté. Tous ceux contre qui j'ai fait des épigrammes ont eu grand soin de déclarer (et avec vérité sans doute) qu'ils les trouvaient fort innocentes. J'ai d'ailleurs la satisfaction de n'avoir pas eu les premiers torts. Feu Legouvé d'abord, et ensuite feu Despaze et feu Vigée, furent les agresseurs, aussi bien que MM. Lormian, Lebrun*** et Boutill... Je n'ai même usé qu'avec réserve du droit de légitime défense.

Quoi qu'il en soit, je ne prétends pas me faire beau jeu dans le choix des pièces que je rapporte. Plaçant la défense à côté de l'attaque, la réplique à côté de la réponse, je donne trop d'avantages à mes anciens adversaires pour que ceux d'entre eux qui vivent encore puissent me reprocher cette publication. M. Baour-Lormian, d'ailleurs, qui a si vaillamment repoussé les traits acérés du poète Lebrun, sait par expérience que les meilleures épigrammes ne prouvent rien; et il pense très-probablement que les miennes prouvent moins encore.

Quant aux personnes qui seraient assez curieuses pour

s'enquérir de ma couleur politique, je les prie de vouloir bien lire avec indulgence ma profession de foi :

AVIS AU LECTEUR.

J'aime ardemment la liberté,
Mais je la veux humaine et sage ;
Et de ce bien tant souhaité,
Pour tous je réclame l'usage.
Sois dévot ou ne le sois pas ;
Lis la Tribune ou les Débats ;
Sois ou non pour le ministère ;
Si, fidèle aux lois de l'honneur,
Tu fus en tous les temps bon, généreux, sincère,
De ton drapeau qu'importe la couleur ?
Touche ma main : je suis ton frère.

BIGARRURES

ANECDOTIQUES.

LE DANGER D'UN MALENTENDU,

ANECDOTE.

Amants rivaux d'une perfide amante,
Deux cavaliers, pour finir leur débat,
Tenaient déjà, d'une main menaçante,
Le pistolet instrument du combat;
« Ça, dit l'un d'eux, moins sûr de la victoire,
« *Parlementons,* si vous voulez m'en croire.
« *Par le menton?* soit, » lui dit son rival;
Et subito, lâchant le coup fatal,
Au pauvre diable il casse la mâchoire.

A FANNI,

ROMANCE.

(Musique de Marini.)

Belle Fanni, tu veux une romance ?
Las ! ne saurais céder à ton désir :
Car la romance est un chant de souffrance,
Et près de toi ne connais que plaisir.

Si me donnais motifs de jalousie,
Chanterais lors couplets bien langoureux ;
Mais ne va pas, pour une fantaisie,
Rendre à jamais ton ami malheureux !

Ne suis pourtant bien sûr de ta tendresse !
O ma Fanni ! si tu m'allais tromper !!
Rien qu'y penser me remplit de tristesse,
Et longs soupirs sont prêts à m'échapper.

Las ! plus y songe et plus ressens de crainte ;
Oui, je le crois, tu trompais ton ami.
Ce doux regard, ce souris, tout est feinte ;...
Ah ! parle, parle, ai-je perdu Fanni ?

Pour dissiper ce doute insupportable,
Par doux baiser prouve un cœur sans détour.
Dieux ! quel baiser !.. non tu n'es point coupable :
Il brûle trop pour n'être pas d'amour !

L'EXCLAMATION ÉQUIVOQUE. 1792.

Un ci-devant baron, grand amateur d'abus,
Mais qui sait à nos mœurs plier son caractère,
S'écriait, en payant les civiques tributs :
« *A tous les cœurs bien nés que la patrie est chère!* » (1)

LE BAS-BRETON OU L'OBSTINÉ,

ANECDOTE (2).

Maître Colas, villageois bas-breton,
Aussi têtu qu'un Breton puisse l'être,
Par fantaisie ou poussé du démon,
S'était un jour jeté par la fenêtre.
On accourut au lieu de l'accident.
Tous ses voisins, sa femme, un commissaire,
Le voyant là, privé de mouvement,
Se regardaient et ne savaient que faire.

(1) Vers de la tragédie de *Tancrède*.

(2) Un des fils de l'auteur (M. Léon Pillet) a fait jouer au théâtre du Gymnase une pièce en un acte, qui rappelle le titre de ce petit conte, et qui a obtenu un grand nombre de représentations.

» Bon, dit l'un d'eux, ce m'est avis qu'il dort !
» Bah ! repart l'autre, il n'est plus de ce monde.
» Çà, crions tous : *Voisin ! êtes-vous mort ?*
» Si faudra-t-il qu'à la fin il réponde. »
On s'évertue : hélas ! plus de Colas.
« Oh ! l'entêté, le chien de caractère !
» Il est bien mort, dit sa femme en colère,
» Mais vous verrez qu'il n'en conviendra pas ! »

RÉPONSE A UN CONGÉ.

Le congé que ta main légère
Vient de tracer si lestement
Accablerait un autre amant ;
Mais je suis d'un bon caractère,
Et, bien loin d'entrer en colère,
Je t'adresse un remercîment.
Une coquette, une parjure,
Comme en ce monde on en voit tant,
A la froideur d'un compliment
Préfère le feu d'une injure.
La cruelle se plaît à voir
Les accès d'un beau désespoir ;
Mais un plaisir de cette sorte

Flatterait peu ta vanité ;
Car c'est vraiment avec bonté
Que tu mets ton monde à la porte.
Tu voudrais même qu'en amour
Je fusse plus heureux un jour,
Et qu'une déité nouvelle,
Plus que toi sensible et fidèle,
Me fît perdre, au sein du bonheur,
Le souvenir de ta rigueur....
Accepte ma reconnaissance
Pour un souhait si généreux :
J'avais su deviner tes vœux,
Et les avais remplis d'avance.

LE BIBLIOMANE,

ANECDOTE VÉRITABLE. 1792.

Certain bibliomane, ignorant personnage,
Se donnant des airs d'amateur,
Demandait à Panckoucke (1) un magnifique ouvrage,
En lui laissant le choix du genre et de l'auteur.
Parbleu, s'écria le libraire,
Que ne me parliez vous plus tôt !

(1) Nom célèbre dans les lettres et dans la librairie.

Vous auriez bien fait votre affaire
Du Télémaque de Didot.....
— De Didot, Télémaque ! — Eh ! oui : chacun l'admire.
— Je le connais : il a du bon ;
Mais, mon cher, vous aurez beau dire,
J'aimerai toujours mieux celui de Fénelon.

LES CONTRASTES,

DIALOGUE ENTRE UN AUTEUR ET UN DIRECTEUR DE SPECTACLE. 1791 (1).

LE DIRECTEUR.

Ah ! vous voilà, monsieur, que nous apportez-vous ?
Du triste ? du plaisant ?

L'AUTEUR.

Du neuf pour tous les goûts.
Du sombre Crébillon empruntant la manière,
J'ai su l'amalgamer à celle de Molière ;
Et, par ce composé de comique et d'horreur,

(1) Ce dialogue, que La Harpe inséra dans le *Mercure de France* en 1792, prouve que l'auteur n'avait pas attendu les folies ultra-romantiques pour s'élever contre l'invasion du mélodrame. *Raoul sire de Créqui*, les *Rigueurs du cloître*, *Camille ou le Souterrain*, et les *Victimes cloîtrées* signalent cette première époque de la décadence théâtrale.

Inspirer à la fois, la joie et la terreur :
Je fais rire et pleurer.

LE DIRECTEUR.

C'est un drame?...

L'AUTEUR.

En musique,
Que vous pourrez nommer tragi-comi-lyrique.
Souvent les nouveautés aux malheureux auteurs
Font moins de partisans que de persécuteurs.
Cet ouvrage, surtout, doit mériter l'envie,
Et va faire, à coup sûr, le malheur de ma vie;
Mais on brave aisément l'inclémence du sort
Quand on est assuré de vivre après sa mort.

LE DIRECTEUR.

Votre nom, du théâtre enrichira les fastes;
Mais, au fait?

L'AUTEUR.

Mon talent est celui des contrastes.
J'ai grand soin d'opposer l'honnête homme au fripon,
Le bel esprit au sot, et le brave au poltron.

LE DIRECTEUR.

Bien!

L'AUTEUR.

Je vais commencer par la scène première.
A droite est un palais, à gauche une chaumière,

Une tente superbe occupe le devant;
Et la toile du fond offre un moulin à vent.
On voit un chevalier aux pieds de sa princesse;
Il exprime, en hurlant, sa terrible tendresse,
Tandis qu'à ses côtés, un sémillant Frontin
Hasarde avec Lisette un geste libertin...

LE DIRECTEUR.

Passons au deuxième acte....

L'AUTEUR.

Il n'est pas moins étrange :
Le machiniste siffle, et le théâtre change.
On aperçoit, au fond d'un obscur souterrain,
Un pâle prisonnier, tourmenté par la faim,
Qui, privé de ses sens, s'arrache les entrailles,
Se tortille le corps et frappe les murailles;
Tandis que le geôlier, grotesque et pris de vin,
Sur un air du Pont-Neuf chante son jus divin.

LE DIRECTEUR.

Fi donc! voyons la fin....

L'AUTEUR.

La fin est plus piquante.
Des soldats abattus sur la terre sanglante,
Qui, tout couverts de poudre et de contusions,
Font, pour mieux nous toucher, mille contorsions,

Les vainqueurs, ennuyés de leurs plaintes cruelles,
Sabrant de toutes parts et brûlant des cervelles....

LE DIRECTEUR, *interrompant.*

Ce passage est affreux !

L'AUTEUR.

Vraiment c'est ce qu'il faut :
Le trop, en fait d'horreurs, est un fort bon défaut.

LE DIRECTEUR.

Mais qui pourra souffrir cette exécrable image ?

L'AUTEUR.

Bon ! vous ne sentez pas le prix d'un beau carnage ?

LE DIRECTEUR.

Non.

L'AUTEUR.

Tant pis : du tableau j'adoucirai l'effet.

LE DIRECTEUR.

C'est fort bien ; mais comment ?

L'AUTEUR.

Comment ? par un ballet.
Les massacres finis, une noce s'apprête ;
On danse, on chante, on boit : rien ne manque à la fête ;
L'effroi dans tous les cœurs fait place à l'enjouement,

Et chacun au logis s'en retourne gaîment.
Mon genre vous paraît...?

LE DIRECTEUR.

Fort extraordinaire !

L'AUTEUR.

Tant mieux. Ce qu'on a fait, à quoi bon le refaire ?
Nos aïeux ont tout dit : l'esprit n'est plus nouveau ;
Or, à défaut d'esprit, j'imagine un tableau.
Non pas de ces tableaux, si communs au théâtre,
Dont l'unique sujet est décent ou folâtre,
Où l'on ne voit pas même un monstre furieux
Qui serve de contraste aux objets gracieux.
Mais un roc sourcilleux : un palais qui s'écroule,
Et me fait, en tombant, venir la chair de poule.
Un orage et des vents qui soulèvent les flots ;
Un vaisseau qui s'abîme avec les matelots ;
De ces torrents fougueux qui, du haut des montagnes,
Vont, en dégringolant, désoler les campagnes ;
Des bombes, des obus, et d'horribles combats ;
Des brigands à moustache, et des assassinats.
L'objet le plus hideux me plaît quand il m'étonne :
Tenez : vous êtes laid, mais non pas monotone.
Votre œil louche, vraiment est d'un heureux effet
Auprès de ce grand nez si large et si mal fait.

On rencontre partout de beaux yeux qu'on admire,
Mais je n'ai vu qu'à vous ce regard de satyre.
De tous vos traits, enfin, l'irrégularité
A mes regards surpris plaît mieux que la beauté.

LE DIRECTEUR, *avec ironie.*

Ah ! vous êtes trop bon. Si mon nez peut vous plaire,
Vos œuvres m'ont produit un effet tout contraire.
Oui, monsieur, le beau seul a pour moi des appas :
C'est pourquoi vos tableaux ne me conviennent pas.
A d'autres directeurs présentez cet ouvrage,
Je suis votre valet.

(Il s'en va).

L'AUTEUR.

Écoutez donc !... J'enrage !
Pour la vingtième fois me voilà refusé.
O génie ! en tout temps seras-tu méprisé !

LE GRIEF IMPARDONNABLE,

DIALOGUE.

— Bonsoir, baron : viens-tu chez la marquise ?
— Dans ses papiers je suis trop mal vraiment !
— Eh ! depuis quand ? — Depuis qu'avec franchise
Sur son humeur j'ai dit mon sentiment.

— Bon ! viens toujours : je vous réconcilie.
— Y penses-tu ? j'ai ri de ses vapeurs !
— Que fait cela ? — J'ai ri de sa folie !
— Voyez le mal !... — J'ai médit de ses mœurs !
— Tous ces griefs sont pure bagatelle.
— J'ai dit, en outre, et tu m'en vois confus,
Qu'à son époux elle était peu fidèle !!
— Je puis encor l'apaiser là-dessus.
— J'ai dit, enfin,... qu'elle n'était plus belle.
— Oh ! vertu-bleu ! je ne m'en mêle plus ?

LE NOUVEL EMBARRAS DU CHOIX,

ROMANCE.

Air de Romagnesi.

Pour mon malheur ai deux belles maîtresses,
Que toutes deux chéris également.
Point ne plaignez embarras de richesses ;
Sens bien, hélas ! que c'est cruel tourment.

Ne fut jamais dans l'humaine puissance
De contenter deux belles à la fois ;
Faut donc à l'une accorder préférence ;
Mais qui pourra me fixer dans mon choix ?

La belle Usmé, jeune, vive et légère,
Change d'humeur à chaque instant du jour ;

D'un seul regard enchante ou désespère ;
A mille amants, et n'eut jamais d'amour.

Aménaïs, naïve et languissante,
Livre son cœur au plus doux sentiment,
Fuit le tumulte, est sincère et constante,
Et voit un dieu dans son fidèle amant.

L'une éblouit par brillante folie ;
Son esprit seul eût suffi pour charmer :
L'autre attendrit par sa mélancolie ;
Rien que son cœur me l'aurait fait aimer.

Et de choisir moi j'aurais le courage !
Non, je ne puis outrager la beauté.
Que faire donc ?... Toute femme est volage :
J'attends mon sort d'une infidélité.

ORGIE MILITAIRE.

MM. Chardini et Ladurner ont fait chacun un air sur ces paroles, tirées de l'opéra de *Wenzel* (1).

Voulez-vous suivre un bon conseil ?
Buvez avant que de combattre :

(1) Cet opéra, représenté au Théâtre National en 1794, valut à l'auteur, alors à l'armée, une réquisition personnelle qui l'attacha au Conservatoire de Musique pour le service des fêtes nationales.

De sang-froid je vaux mon pareil ;
Mais quand je suis gris, j'en vaux quatre.
  Versez donc, mes amis, versez :
  Je n'en puis jamais boire assez.

Comme ce vin tourne l'esprit !
Quel feu, quelle ardeur il nous donne !
Tel qui tremble s'il réfléchit,
Fait trembler quand il déraisonne.
  Versez, etc.

Ma foi ! c'est un triste soldat
Que celui qui ne sait pas boire :
Il voit les dangers du combat ;
Le buveur n'en voit que la gloire.
  Versez, etc.

Cet univers, oh ! c'est très-beau !
Mais pourquoi, dans ce bel ouvrage,
Le Seigneur a-t-il mis tant d'eau ?
Le vin me plairait davantage !
  Versez, etc.

S'il n'a pas fait un élément
De cette liqueur rubiconde,
Le Seigneur s'est montré prudent :
Nous eussions desséché le monde.

Versez donc, mes amis, versez :
Je n'en puis jamais boire assez.

PRENEZ-Y GARDE !

DIALOGUE.

— Répondez-moi, la jeune fille :
Quel est ce grand garçon qu'à votre appartement
Je vois monter à tout moment ?
— C'est un homme savant, ami de ma famille.
Il daigne consacrer ses talents éprouvés
A me montrer ce que j'ignore.
— Je crains bien, pauvre enfant, qu'il ne vous montre encore...
— Eh ! quoi donc ? — Ce que vous savez.

NÉCESSITÉ DES MÉDECINS.

Parmi nos médecins il est des gens habiles ;
Mais si l'homme, ici-bas, n'avait point à souffrir,
Ces docteurs, conviens-en, seraient fort inutiles.
— Il en faudrait encore. — Et pourquoi ? — Pour mourir.

LA SAINTE VISION.

Le dévot Alain, en rêvant,
De l'incarnation croyait voir le mystère.

« Courage, disait-il à notre Vierge mère,
» C'est l'envoyé du Tout-Puissant,
» Dont le zèle pieux se montre si pressant :
» Avec un si grand saint gardez d'être sévère. »
La vierge, du bonhomme adopte le conseil.
Une chrétienne ardeur la pénètre et l'embrâse ;
Son regard s'attendrit, son teint est plus vermeil ;
Bref, la voilà bientôt dans une sainte extase.
Bravo ! dit le rêveur, le spectacle est divin !
Bravo ! grâce au ciel tout s'arrange !...
Hélas ! il disait vrai, car un fort capucin
Tout près de là faisait l'archange,
Et s'arrangeait, sans bruit, avec madame Alain.

A ZÉLIA (1).

D'un mari se voir séparée,
Est sans doute un bien grand malheur.

(1) *Zélia* était le titre d'un opéra en trois actes représenté en 1792 sur le théâtre de Louvois. Dubuisson, qui depuis mourut sur l'échafaud comme ultra-révolutionnaire, avait pris dans la Stella de Gœthe le sujet de cet ouvrage, où la situation embarrassante d'un *mari à deux femmes* amenait des scènes très-pathétiques; madame Screutzer, à qui ces vers étaient adressés, avait joué avec beaucoup d'âme le rôle de Zélia.

Je ressens toute la douleur
De Zélia désespérée.
Cependant faut-il qu'un mari
Trouble ainsi ta jeune cervelle?
Laisse là ce mortel chéri
Qui, par devoir, est infidèle,
Et choisis-moi pour favori
L'auteur de cette bagatelle :
On ne m'a jamais épousé ;
Avec moi tu n'as rien à craindre ;
Zélia, rien ne peut éteindre
Le feu dont je suis embrâsé.
Réponds donc bien vite à ma flamme ;
Une fois le OUI prononcé,
Qu'il me survienne une autre femme,
Je n'en suis point embarrassé.
Je lui dirai : Ma pauvre amie,
Regarde l'épouse que j'ai ;
Elle te verra si jolie
Qu'elle partira sans congé.

LA GAMELLE,

Chanson de corps-de-garde chantée dans une réunion de réquisitionnaires au moment de partir pour l'armée (1).

Savez-vous pourquoi, mes amis, (*bis.*)
Nous sommes tous si réjouis ?
C'est qu'un repas n'est bon
Que servi sans façon.
Mangeons à la gamelle;
Vive le son, vive le son,
Mangeons à la gamelle,
Vive le son du canon.

Nous faisons fi de beaux repas, (*bis.*)
On y veut rire, on ne peut pas;
Le mets le plus friand
Dans un vase brillant
Ne vaut pas la gamelle ;
Vive le son, etc.

(1) Cette chanson grivoise, dont la vogue surpassa de beaucoup l'attente de l'auteur, et qu'il ne faut pas cependant confondre avec l'infâme Carmagnole, dont elle rappelle malheureusement l'air, ne paraît ici que comme une sorte de pièce historique, propre à faire connaître le goût soldatesque de l'époque où la France était transformée en un vaste corps-de-garde.

Vous qui bâillez dans vos palais, (*bis.*)
Où le plaisir n'entra jamais;
Pour vivre sans souci,
Il faut venir ici
Manger à la gamelle ;
Vive le son, etc.

Une fille à tempérament (*bis.*)
Qui veut se choisir un amant,
Aux faquins du bon ton
Préfère un bon luron
Qui mange à la gamelle ;
Vive le son, etc.

Savez-vous pourquoi les Romains (*bis.*)
Ont subjugué tous les humains?
Amis, n'en doutez pas,
C'est que ces fiers soldats
Mangeaient à la gamelle ;
Vive le son, etc.

Ces Carthaginois si lurons (*bis.*)
A Capoue ont fait les capons.
S'ils ont été vaincus
C'est qu'ils ne daignaient plus
Manger à la gamelle ;
Vive le son, etc.

Ah ! s'ils avaient le sens commun, (*bis.*)
Tous les peuples n'en feraient qu'un ;
Loin de s'entr'égorger,
Ils viendraient tous manger
A la même gamelle ;
Vive le son, vive le son,
A la même gamelle ;
Vive le son du canon.

SUR LA PUNITION DES TYRANS RÉVOLUTIONNAIRES.

11 thermidor an 2.

Quand Robespierre et ses deux acolytes
En plein sénat prêchaient la piété,
J'osais douter de la divinité,
Tant ces coquins me semblaient hypocrites.
Bien suis changé depuis leur trahison !
Si que voyant les trois rois en charrette,
Leur ai crié dans ma joie indiscrète :
« Il est un dieu : vous aviez bien raison ! »

A LA JEUNESSE FRANÇAISE,

SUR LA CLÔTURE DU CLUB DES JACOBINS.

Vous avez terrassé les royales bannières ;
De leur club infernal vous chassez les brigands ;

Dans le sein de nos murs, par-delà nos frontières,
La jeunesse française est l'effroi des tyrans.

ÉPITAPHE DE DANTON.

Danton fut à l'excès vertueux ou coupable :
On n'a pu le haïr ni l'aimer à demi.
Ci gît cet homme inexplicable :
Foulez aux pieds un monstre, ou pleurez un ami.

ÉPITRE A UN GOUVERNANT

AU NOM D'UN EMPLOYÉ SUPPRIMÉ.

En vain, d'après votre promesse,
J'osai compter sur un emploi;
Je vois la fortune traîtresse
Se jouer de vous et de moi.
Un nouveau chef, un chef suprême
Ferme l'oreille à notre voix,
Et, plein de mépris pour nos droits,
Que vous aviez plaidés vous-même,
Nous réforme tous à la fois.
Que faire en ce malheur extrême?
Au nom de votre probité,
Qui nous fut si souvent propice,

Employez votre autorité
A détourner cette injustice.
Daignez dire à ce novateur
Qu'il a sans doute un méchant cœur,
Ou qu'un système affreux l'égare;
Et qu'en ce siècle de malheur,
Pour s'établir réformateur,
Il faut être sot ou barbare....
Mais non, de ces grossiers propos
Vous ne voudrez point faire usage :
Vous êtes laconique et sage :
Et vous saurez dire, en deux mots,
Plus que moi dans toute une page.
Parlez donc, et je ne crains plus;
Car j'aurai, dans cette occurrence,
Deux garants de votre éloquence:
Notre infortune et vos vertus.

LE CHANT DU PROSCRIT.

Le 10 thermidor 1794.

Du fond de ma retraite obscure
Je n'entends plus rugir les tigres en fureur;
De l'aquilon dévastateur
Je n'entends plus l'affreux murmure;

Le jour luit! l'horizon s'épure;
Et la paix renaît dans mon cœur.

Les oiseaux dévorants qu'attirait le carnage,
Et dont la troupe infecte obscurcissait les cieux,
Ont poussé dans les airs leurs derniers cris de rage,
Et du chantre des bois l'harmonieux ramage
Succède à ces cris odieux.

Le front rayonnant d'espérance,
Quelle divinité s'avance?
Salut, auguste Liberté!
Viens rendre à Thémis sa balance,
Viens pour jamais de la vengeance
Briser l'autel ensanglanté.

Il fuit cet assassin que tout un peuple abhorre;
C'est en vain qu'effrayé de ses propres forfaits,
Il veut laver le sang dont sa main fume encore:
Le sang de l'innocent s'efface-t-il jamais?

Sortez du séjour des ténèbres,
Infortunés amis des lois.
Le peuple, en reprenant ses droits,
A détruit vos cachots funèbres.

Oubliez ces longues douleurs
Dont votre âme est encore aigrie;

Et, victimes des maux qu'a soufferts la patrie,
Devenez ses consolateurs.

O ma mère! entends-tu la publique allégresse
Célébrer le retour des malheureux proscrits?
Ouvre les yeux, revois ton fils!
Presse-le sur ton sein, partage son ivresse!!
Richesses, dignités, grandeur,
Et vous, plaisirs bruyants, séduisante chimère,
Non, vous ne valez pas ce baiser qu'une mère
Nous accorde après un malheur!

Oublions-les, ces jours d'une infernale rage,
Où des fleuves de sang inondaient nos cités;
Où la France n'offrait aux yeux épouvantés
Que l'appareil affreux d'un immense carnage.
Contre de vils tyrans, de lâches proscripteurs,
Peuple trop malheureux, ta haine est légitime.
Mais Dieu fit du pardon une vertu sublime :
Surveillons, réprimons le crime,
Et n'imitons pas ses fureurs.

LE 21 JANVIER 1793.

Amis des lois, des mœurs et de l'humanité,
Louis, qu'aveuglait sa bonté,

Défendit faiblement les droits de sa puissance ;
Hélas ! n'est-il qu'un pas du trône à l'échafaud !
Pleure, pleure à jamais, ô malheureuse France,
Ce roi trop indulgent, dont l'unique défaut
Fut un titre de plus à ta reconnaissance !

A UN LIBELLISTE RÉVOLUTIONNAIRE.

C'est en vain, rimeur famélique,
Que ta muse démagogique
Cherche le scandale à tout prix.
Tu n'auras pas l'honneur d'exciter notre haine.
Malheureux! pour payer ta peine,
C'est déjà trop de nos mépris.

ÉPITRE A DES FANFARONS.

Novembre 1794.

Eh bien, messieurs les chevaliers,
Que devient donc votre jactance ?
Où sont-ils ces nombreux lauriers
Que vous deviez cueillir en France ?
Je crois, ma parole d'honneur,
Que votre espoir est chimérique

Et que, malgré votre valeur,
Vous jouerez toujours de malheur
En attaquant la république (1).
Ces Français ne connaissent pas
Les égards dus à la noblesse,
Et sans la moindre politesse,
Ils vous assomment une altesse
Comme ils ont occis vos soldats.
C'est affreux! c'est même incroyable.
Mais qu'opposer à leur torrent?
L'affronter serait honorable;
L'éviter sera plus prudent.
Cessez donc de vous compromettre,
Ce peuple se croit souverain;
Et, tenez, il faut lui permettre
Ce qu'on lui défendrait en vain.
Allons, un peu de complaisance;
Sachez vous faire une raison.

(1) Tous les hommes de bien, ceux même qui avaient le plus regretté la monarchie constitutionnelle, se ralliaient alors à la république comme au seul point d'appui que la nation pût trouver dans sa lutte contre les puissances étrangères. Cette république n'était plus d'ailleurs entre les mains des hommes de sang; et l'on se flattait du chimérique espoir qu'elle nous conduirait à un meilleur ordre de choses.

Entre nous est-ce la saison
D'alléguer vos droits de naissance
Quand l'amour de l'égalité,
Pareil à la flamme électrique,
A tous les cœurs se communique,
Et lorsque notre liberté,
Ce bien que vous aviez traité
De chimère philosophique,
Devient une réalité.
Vous avez eu quelque espérance
Tant qu'une troupe d'intrigants,
De délateurs et de brigands (1),
A rivalisé de puissance
Avec nos vrais représentants;
Mais ces jours de votre allégresse,
Pour jamais les voilà passés :
Les intrigants sont dispersés;
Les délateurs sont pourchassés,
Et, pour combler votre détresse,
Leurs directeurs sont trépassés.
Adieu, seigneurs sans seigneurie;
Adieu, barons *in partibus*,
Ne pleurez pas votre patrie :
Cette ingrate a la barbarie
D'anéantir tous les abus !

(1) Les cordeliers et les jacobins.

LE MANDATAIRE DU CITOYEN BEUGLANT.

1799.

Vous avez vu notre assemblée :
Qu'en pensez-vous? — Moi ! rien de bon,
— Vous pourriez bien avoir raison :
C'est au moins, comme on dit, marchandise mêlée.
— Quels hommes, par exemple, ont placé là *Beuglant?*
— De grands sots : cela va sans dire.
Soyons justes pourtant, ils ne pouvaient élire
Un plus digne représentant.

GASCONNADE,

DIALOGUE.

— Sais-tu bien que dans tout Paris
On rit de toi. — Permis dé rire.
— Oui ; mais, mon cher, on te déchire.
— Qui? des gens dignés dé mépris.
— Ces gens-là font plus : on assure
Qu'ils ont joint les coups à l'injure :
Rends-leur, au moins, les coups.... — Fi donc !
Sé compromettre avec ces drôles !
Valent-ils seulément lé jonc
Qu'on brisérait sur leurs épaules ?

SUR UN AUTEUR QUE JE CROYAIS MORT.

Cet auteur, que je croyais mort,
Me prouve qu'il existe en m'accablant d'outrages ;
Il a raison, et j'avais tort :
On ne doit pas juger des gens par leurs ouvrages.

SUR UNE VIEILLE FEMME DE LETTRES.

Honteuse d'être laide, elle s'est faite auteur :
Or, voici comme elle calcule :
Il ne lui faut rien moins qu'un si grand ridicule
Pour faire oublier sa laideur.

SUR L'ASSOCIATION
DE PLUSIEURS PETITS AUTEURS.

Ces rimeurs qu'Apollon renie,
Unissant leur petit génie,
Désormais ne feront plus qu'un.
Ainsi soit! mais quand j'examine
Le ton, la science, la mine,
Et les ouvrages de chacun,
Ces messieurs n'ont pas, ce me semble,
Grand besoin de rimer ensemble
Pour que chez eux tout soit commun.

LE NAUFRAGE,

APOLOGUE (1798) (1).

Le vaisseau de la liberté
Sur l'abîme des mers voguait avec fierté
Et gagnait déjà le rivage
Désiré depuis trop long-temps,
Quand tout-à-coup survint un effroyable orage :
Jamais les flots amers, soulevés par les vents,
N'avaient déployé tant de rage.
Le vaisseau résistait ; d'habiles matelots
Savaient braver la foudre et maîtriser les flots.
Mais à quoi sert, hélas ! ce généreux courage ?
Un démon furieux plane sur l'équipage.
Le pilote éperdu jette un cri de terreur ;
Sourds à la voix du capitaine,
Les rameurs, transportés d'une fièvre soudaine,
Se combattent avec fureur.
Rien ne peut apaiser cette rage inhumaine ;
Le mousse, le soldat, et jusqu'au passager
Grossissent la rumeur, sans songer au danger.
De l'horrible discorde effet inévitable !
Les autans redoublent d'effort ;

(1) C'était l'époque où, loin de se montrer unis pour combattre les ennemis de la France, le Directoire et les deux Conseils se faisaient une guerre scandaleuse.

Et ce grand bâtiment, ce vaisseau formidable,
Ouvert de toutes parts, vient échouer au port.

Que d'un si grand revers la désolante image
Serve au moins d'exemple aux Français !
Démentons ce triste présage
En restant unis pour jamais.

SUR UN CYNIQUE,

QUI PRÉTEND QUE SES OUVRAGES IRONT LOIN DANS L'AVENIR.

Mes ouvrages vont loin, nous dit ce vieux pédant,
Qui d'un fiel dégoûtant salit toutes ses pages,
Et chacun aussitôt de dire, en le fuyant :
« Que ne va-t-il encor plus loin que ses ouvrages ! »

SUR UN JOURNAL OBSCUR

SUPPRIMÉ PAR LE GOUVERNEMENT CONSULAIRE.

Cet arrêté, pauvre inconnu,
T'explique un singulier problème ;
Car il te montre, par toi-même,
Comme on meurt sans avoir vécu.

SUR L'AUTEUR D'UNE PAUVRE ÉPIGRAMME.

J'ai lu les vers dont il m'assomme,
Et je les ai lus sans humeur.
Si tous ses madrigaux sont d'un méchant rimeur,
Son épigramme est d'un bonhomme.

SUR UN HOMME
QUI CROIT QUE TOUT LE MONDE S'OCCUPE DE LUI.

Hier il s'appliquait l'éloge d'un grand homme ;
Aujourd'hui que d'un sot je parle devant lui,
Il croit encor que je le nomme :
Il s'abusait hier ; il voit clair aujourd'hui.

ÉPITRE A UN JOURNALISTE (1).

Je suis jeune, je fais des vers
Et j'ai des mœurs irréprochables.
Connu par des écrits divers
Qu'on veut bien trouver supportables,

(1) L'auteur de cette demande venait d'être privé d'un emploi par le Directoire. Ces vers lui valurent une part de rédaction dans un journal ; mais, peu de temps après, ce même journal le fit condamner à la déportation.

Je comptais du métier d'auteur
Me faire une honnête existence,
Sans songer que, pour mon malheur,
Le sentier qui mène à l'honneur
Ne conduit pas à l'opulence.
J'ai payé bien cher mon erreur !
Maintenant, triste personnage,
Tout surpris de beaucoup devoir,
Tout confus de ne rien avoir,
Je vais perdre, avec mon espoir,
Mon peu d'esprit et mon courage ;
A moins qu'un juste, un bon humain,
Empressé de rendre service,
Ne daigne me tendre la main
Pour me tirer du précipice,
Aujourd'hui plutôt que demain.
Ne croyez pas qu'une largesse
Soit ici l'objet de mes vœux ;
Je suis fier et j'aimerais mieux
Mourir de faim avec noblesse,
Que vivre au prix d'une bassesse :
Travailler est ce que je veux.
Point d'aumône, mais un salaire.
J'oserai donc, à tous hasards,
Me proposer pour secrétaire
A quelque riche, ami des arts.

Animés d'une ardeur extrême,
Mon cœur et ma main, toujours prêts,
Mille fois mieux que pour moi-même,
Veilleront à ses intérêts.
Trop heureux si, dans la journée,
Je trouve une heure fortunée
Pour esquisser, tant bien que mal,
Une romance à ma Lydie,
Quelques scènes de comédie,
Un quatrain pour votre journal.

LA SOLLICITUDE CONJUGALE,

DIALOGUE SUR L'ÉPIZOOTIE DE L'AN VI (1798).

— Le ciel à son courroux ne met donc plus de bornes,
Ma femme !...— Eh quoi ! m'amour ? — Il se répand, dit-on,
Un horrible fléau sur les bêtes à cornes.
— Dieu ! que n'es-tu resté garçon !

LA DÉCLARATION TREMBLÉE,

A F...

Rien au monde n'est plus risible
Que de voir un pauvre amoureux
Déclarer, en tremblant, ses feux

A l'objet qu'il croit insensible.
Je sens ce ridicule affreux,
Et, pourtant, il m'est impossible
De vous épargner mes aveux.
On vous a tant de fois dit : J'aime,
Que ce mot, encor répété,
Même par la sincérité,
Devient d'une fadeur extrême.
Cherchons donc un autre moyen :
Faut-il employer l'hyperbole ?...
Oh! ma foi, non : je n'entends rien
A ce langage de l'école;
Et c'est surtout quand j'aime bien
Que je perds l'art de la parole.
Quand j'aime bien!... arrêtons-nous;
Le mot est lâché : quel dommage!
Je sens pourtant qu'il me soulage;
Mais comment y répondrez-vous?

VERS PLACÉS SOUS LE PORTRAIT D'HIPPOLYTE LABUSSIÈRE (1).

De mon brave libérateur
Mes amis, voilà bien l'image,

(1) Ces vers furent insérés dans un journal, sous le nom supposé

Telle qu'à mon esprit la retraçait mon cœur.
Mais quel trouble secret se peint sur son visage?
Ce front qu'animait la gaîté
A perdu sa sérénité.
Je vois trop qu'en prenant séance,
Il avait l'œil fixé sur quelque malheureux;
Ou qu'un mortel, sauvé par ses soins généreux,
Lui parlait de reconnaissance.

de P. Alex. de Châtenet. — Labussière, employé dans les bureaux du Comité de salut public, y rendit secrètement d'importants services à un grand nombre de familles. Il enlevait et anéantissait, la nuit, les liasses de pièces qui compromettaient le plus les détenus. Ce fut ainsi qu'il eut le bonheur de sauver, non-seulement l'impératrice Joséphine, alors veuve du général Beauharnais, mais la plupart des comédiens français, et plus de deux cents autres personnes, dévouées à l'échafaud révolutionnaire. Son zèle cependant eut, à l'égard du tragédien Larive, un effet bien contraire à ses intentions. Se trompant de carton, il anéantit les pièces que Larive avait produites pour se justifier, et il laissa subsister toutes celles qui chargeaient ce célèbre acteur. Heureusement le chef du bureau, pressé de livrer le dossier *tel quel* à la *justice* de cette effroyable époque, différa d'obéir aux injonctions du Comité, et, à ses risques et périls, prolongea si bien les délais, qu'il eut le bonheur de gagner la journée libératrice du 9 thermidor. On pense bien que la joie de Labussière fut alors aussi grande que ses inquiétudes avaient été vives et cruelles. (Voir les *Mémoires de Fleury*.)

ÉPITRE

AUX PLÉNIPOTENTIAIRES DE L'EMPIRE, SUR CE QU'ILS DIFFÉRAIENT LA SIGNATURE DE LA PAIX (1).

1798.

Comment donc, messieurs de l'empire,
Au moment de signer la paix
Qui devait combler vos souhaits,
Vous avez l'air de vous dédire!
A l'ultimatum des Français
Vous opposez des si, des mais.
D'où vous vient ce nouveau délire?
Agissez enfin rondement;
S'il faut encor qu'on se chamaille
Dites-nous-le sans compliment.
A frapper d'estoc et de taille
Nous serons prêts en un moment:

(1) On avait rassemblé dans un congrès à Rastadt les plénipotentiaires des puissances belligérantes pour y régler quelques articles du traité de Campo-Formio qui étaient restés en litige. Enhardis par la promesse de nouveaux secours, les ministres autrichiens commencèrent à mettre des obstacles à la conclusion de la paix, et, à mesure que les circonstances devinrent plus critiques, ils élevèrent de nouvelles difficultés. Tel est le sujet de cette épître, à laquelle les circonstances procurèrent quelque succès, et qui fut traduite en italien par Salfi, poète réfugié.

C'est notre métier que bataille.
Nous avons de l'humanité ;
On sait que pour l'urbanité,
Le Français fut toujours cité ;
Mais l'avantage de vous plaire
Peut faire oublier ces vertus :
Si vous voulez être battus
Il faudra bien vous satisfaire.
Non. Je devine votre espoir :
Albion, l'Espagne et la France
Vont guerroyer à toute outrance ;
Avant d'opter, vous voulez voir
Pour qui penchera la balance.
Bravo ! C'est fort bon à savoir.
Peut-être aussi, grands politiques,
Sous des dehors très-pacifiques
Cachez-vous l'innocent dessein
De susciter en notre sein
Quelques complots bien anarchiques ;
Tout près de les voir éclater,
Vous rendant maîtres de nos portes,
Qu'on aurait eu soin d'acheter,
Vous fondriez sur nos cohortes,
Qui voudraient en vain résister.
Bravissimo ! C'est du sublime.
Pour un plan si bien concerté

Recevez mon tribut d'estime ;
Machiavel, dans son traité,
Est moins profond, en vérité.
Souffrez pourtant que je le dise :
Si tel était votre projet,
Vous échoueriez dans l'entreprise.
A ne gagner que par surprise
L'étranger étant fort sujet,
On feint de croire à sa franchise,
Mais on n'y croit point en effet.
De là tirez la conséquence
Que si vous êtes assez fous
Pour venir vous frotter à nous,
Vous trouverez bonne défense.
Tout en veillant sur le dehors,
Nous contenons ces royalistes
Dont vous payez les vains efforts;
Et nous leur attachons le mors
Aussi bien qu'à nos terroristes.
Eh! seigneurs, au sein des combats,
Que pensez-vous qu'ils puissent faire ?
Des conspirateurs aussi plats
Tous ensemble ne valent pas
La moustache d'un volontaire.
Or donc, messieurs, songez-y bien !
Car, si vous commencez la danse,

Nos braves, n'écoutant plus rien,
Vous feront danser d'importance.
. . . .
. . . .
Prévenez un si grand malheur.
Dans cette triste circonstance,
Vous courez une triste chance.
Au moment même où nos guerriers,
Toujours fidèles à la gloire,
Iraient, de victoire en victoire,
Entassant lauriers sur lauriers,
Outrés de votre félonie,
Et trop las de la tyrannie,
Vos soldats, vos propres sujets,
Pourraient aider à nos succès.
Combien ils sauraient vous confondre
Si, brisant un joug détesté,
Tout-à-coup ils allaient répondre
A notre cri de liberté !
Eh ! vraiment, prenez-y bien garde :
Dans l'erreur jadis encroûté,
Mais aujourd'hui moins hébété,
Ce peuple est là qui vous regarde
Sans avoir l'air épouvanté.
Je crois même qu'il se hasarde
A toiser votre majesté.

C'est, je vous jure, un mauvais signe,
Et j'en augure tristement,
Qu'à notre exemple il se croit digne
D'un plus noble gouvernement.
Jugez donc quels affreux ravages
Ferait l'esprit insurrecteur
Si nos soldats, par leur valeur,
Et nos savants, par leurs ouvrages,
Secondaient le peuple en fureur!
Oui, nos savants : vous allez rire ;
Mais il est bon de vous le dire,
La lumière de la raison,
Pour faire crouler votre empire,
Vaut au moins celle d'un canon.

Allons, faites un sacrifice,
Si ce n'est aux droits du vainqueur,
Du moins à ceux de la justice.
C'est vous parler avec douceur.
Si vous ne voulez rien entendre
Alors, ma foi! tant pis pour vous :
Vous sentez bien qu'il faudra prendre
Un style plus digne de nous.
Puisque vous désirez la guerre,
Dirons-nous aux rois de la terre,
Connaissez enfin les Français :

Et sachez qu'en offrant la paix,
Leurs mains balancent le tonnerre.

INSCRIPTION

POUR LE LIEU OU LES PLÉNIPOTENTIAIRES FRANÇAIS FURENT ASSASSINÉS,

Le 9 floréal an 7 (1).

D'un lâche assassinat, deux augustes victimes
En ces lieux ont reçu la mort.
Passant, ne pleure pas leur sort :
Il faut un autre hommage à ces cœurs magnanimes.
Oui, du fond de leur monument,
La patrie a crié vengeance !!
Jurons de l'exaucer, et que toute la France
Répète avec transport ce terrible serment :
Vengeance !!!

SUR UN LIBELLISTE,

DIALOGUE.

— Ah ! te voilà ; permets-moi de te plaindre :
Non moins que toi j'ai cette affaire à cœur...

(1) A la suite des honteuses tergiversations contre lesquelles on s'était élevé dans l'épître précédente, les plénipotentiaires français furent lâchement assassinés à la sortie de Rastadt, le 28 avril 1799.

— Que veux-tu dire? ai-je un revers à craindre?
— Ignores-tu jusqu'où va ton malheur?
Ce plat rimeur que partout on méprise....
— Baldus, ô Ciel? tu me remplis d'effroi!...
— Vient d'entasser sottise sur sottise,
Dans un pamphlet qu'il a fait contre toi.
— Quoi! rien de plus? Dieu soit loué, confrère!
De ma frayeur me voilà bien remis :
J'ai cru d'abord, en voyant ta colère,
Qu'il se vantait d'être de mes amis!

SUR L'ATHÉISME D'UN DIRECTEUR. 1797 (1).

Air de *la Baronne*.

Du Directoire
On dit qu'un membre fort vanté
A l'Éternel ne veut pas croire :
J'y crois plus qu'à l'éternité
Du Directoire.

(1) La Réveillère-Lépeaux, homme probe et désintéressé, qui, par un discours imprudent sur la religion catholique, se fit accuser d'athéisme.

ÉPITAPHE DU GÉNÉRAL ***,

FORCENÉ RÉVOLUTIONNAIRE.

Ci-gît notre agent militaire (1).
Dans ce monde il dut se déplaire,
N'y pouvant plus persécuter.
Craignons encor de l'irriter,
Car, s'il lui reste un crime à faire,
Il est homme à ressusciter.

LA COQUETTE DU VILLAGE,

ROMANCE.

Paroles de L. Marini.

Gentil Alain, à sa jeune bergère,
Furtivement avait pris doux baiser.
Elle, aussitôt, de se mettre en colère;
Et le galant de vouloir l'apaiser.

« Quoi, belle mie, un baiser t'effarouche!
» Pourquoi ce trouble? est-ce crainte ou pudeur?
» T'ai-je offensée, ou crains-tu que ma bouche
» De tes attraits n'ai terni la fraîcheur?

(1) En cette qualité d'agent militaire il faisait la chasse aux réquisitionnaires, qu'il traitait avec une brutalité révoltante : *Experto credo Roberto.*

» Beaux papillons, vigilantes abeilles
» Vont butinant les roses d'alentour ;
» Roses, pourtant, n'en sont que plus vermeilles :
» Rien n'embellit comme larcins d'amour. »

Ce dernier mot plut à la bergerette :
« Eh bien, dit-elle, eh bien, embellis-moi...
» Encore, encore. — Ah ! c'est assez, coquette !
» Las, maintenant, rien n'est plus beau que toi. »

» — Messire Alain, c'est trop de politesse,
» Lui repart-elle : apprenez que mon cœur
» Attend de vous, pour prix de sa tendresse,
» Ardeur plus vive et propos moins flatteur. »

AU PREMIER CONSUL,

SUR LES MAUVAIS VERS QUE LUI ADRESSAIENT DES POÈTES DE L'ÉMIGRATION.

De tes exploits long-temps on les a vus gémir ;
Et maintenant ils font des odes à ta gloire :
Trahison, trahison ! Au sein de la victoire,
Ces gens-là voudraient t'endormir.

PLACET AU PREMIER CONSUL,

AU NOM D'UN EMPLOYÉ SURNUMÉRAIRE.

1800.

Ralliant comme il peut sa dernière milice,
Qu'il met aux gages des Anglais,
L'*Empereur* (1) te demande un nouvel armistice :
Il veut gagner du temps; mais tu n'en perds jamais.
Ici plus d'un peuple en alarmes,
Contre ses oppressurs à peine révolté,
Demande l'appui de tes armes
Pour conquérir sa liberté.
Sincère admirateur d'une vertu sublime,
Le Czar, abandonnant un perfide allié,
Fait demander ton amitié
En échange de son estime (2).
Déjà la perfide Albion,
Qui sent avec sa force expirer son audace,

(1) Ce titre appartenait exclusivement à l'empereur d'Allemagne, François II, qui ne porte plus aujourd'hui que celui d'empereur d'Autriche.

(2) Paul Ier, autocrate de Russie, qui venait d'abandonner la confédération européenne pour se lier avec le gouvernement consulaire de France. Il était devenu tout-à-coup enthousiaste de Bonaparte, et l'on assure que ce fut la cause de sa mort violente.

Redoute le sort d'Ilion,
Et s'apprête à demander grâce.
Enfin grands et petits, hommes de tous états,
Depuis qu'à volonté ta sagesse dispose
Des peuples et des potentats,
Te font demander quelque chose.
De ces solliciteurs quand tu pèses les droits,
Ne puis-je, moi-même, une fois,
Profitant de la circonstance,
Mettre un petit placet dans ta grande balance?
Pourquoi non? Linneus et l'illustre Buffon,
Ces grands peintres de la nature,
Dans leur docte nomenclature,
N'ont pas oublié le ciron.
Ce héros que l'Europe admire,
Arbitre souverain des rois qu'il a soumis,
Après avoir réglé les destins de l'empire,
Pourra bien placer... un commis.

LE CHAT,

FABLE,

A l'occasion du 18 brumaire (1).

Un chat par la faim tourmenté,
Restant en embuscade et n'y pouvant rien prendre,

(1) Cette journée, qui eut pour dernière conséquence le despo-

Maudissait du soleil l'importune clarté.
O nuit ! s'écriait-il, dans ton obscurité
Les rats ne sauraient se défendre ;
Combien je te préfère à ces longs jours d'été !

Fripons de tous états, de robe et de finance,
Ma fable est assez claire, et vous m'entendez bien :
Vous prolongez la nuit pour mieux piller la France.
Mais voici le grand jour : vous ne prendrez plus rien.

VERS ATTACHÉS A UN JEUNE ORANGER.

Toi qui fus souhaité par la beauté que j'aime,
Trop heureux arbrisseau, contente son désir.
Puisse-t-elle à me voir moi-même
Trouver aussi quelque plaisir !
Ah ! si pour prix de ma tendresse,
Elle m'accorde un jour sa foi,
Puissent les sentiments de ta belle maîtresse
Croître avec ton feuillage, et durer plus que toi !

tisme napoléonien, n'en fut pas moins considérée dans les premiers temps comme une époque de délivrance. Le Directoire exécutif était tombé dans le mépris ; l'anarchie et la corruption désorganisaient toutes les parties de l'administration. Bonaparte fut accueilli avec un enthousiasme dont on n'avait pas eu d'exemple depuis la journée du 9 thermidor.

A L'AUTEUR D'UN POËME PARADOXAL,

INTITULÉ THÉORIE DE LA TERRE.

Quoi! rien de plat dans l'univers!
Ah! *** descends en toi-même,
Et tu verras que ton système
Est déjà détruit par tes vers!

SUR UN AUTEUR INÉPUISABLE.

Il veut nous empêcher de rire à ses dépens,
Et d'un tome nouveau chaque jour il accouche;
Hélas, qu'arrive-t-il? il fait bâiller les gens :
Le beau moyen, vraiment, de leur fermer la bouche!

ÉPITRE COURANTE

A MM. DU PARLEMENT D'ANGLETERRE (1). 1805.

Milords Messieurs, en vérité,
Quoi qu'en ait dit maint politique,
De vos bons sentiments je n'ai jamais douté;
Mais avec vous, pourtant, il faut que l'on s'explique
Sur un fait où je trouve un peu d'obscurité.

(1) L'empereur Napoléon préparait une descente sur les côtes britanniques.

Quand nous avions Marat avec sa république
Dont une guillotine était l'affreux soutien;
Quand on voyait tomber tous les hommes de bien
Sous le couteau démagogique,
Pleins de zèle et d'ardeur, vous armiez à grands frais,
Pour rendre, disiez-vous, ces malheureux Français
Aux antiques douceurs de l'état monarchique.
Dieu sait aussi, messieurs, combien j'applaudissais
A cet élan philanthropique!
Mais aujourd'hui ce peuple est bien désabusé.
Abjurant un trop long délire,
Pour son monarque il vient d'élire
Un vainqueur, un héros des dieux favorisé;
Notre patrie enfin respire;
Et le glaive en vos mains n'est point encor brisé!!
Que dis-je! en ce moment, loin de finir la guerre,
Vous voulez, dans votre courroux,
Sonnant le tocsin contre nous,
Exciter bravement tous les rois de la terre
A venir s'escrimer pour vous.
Contre l'auguste chef de ce nouvel empire
D'où peut donc vous venir ce transport furieux?
Seriez-vous mécontents, sans oser nous le dire,
De voir qu'en ses états tout va de mieux en mieux,
Tandis que, parmi vous, tout va de mal en pire?
Je m'en étais presque douté:

D'un grain de jalousie on ne peut se défendre,
Ni même quelquefois d'un peu de lâcheté.
Or, messieurs les Anglais, si j'ai pu vous comprendre,
Telle est, en ce moment, votre perplexité,
Que, trouvant Bonaparte un peu trop haut monté,
Vous ne craignez rien tant que de le voir *descendre* (1).
Hélas! le sort en est jeté;
Parfois en calembourg on dit la vérité :
A la descente il faut s'attendre.
De porter et d'orgueil Geor... aura beau s'enfler,
D'un bonnet de hussard tous les jours s'affubler,
Charger son espingole, et, ferme sur la hanche,
Commander à ses fils, trop prompts à se troubler,
L'exercice de l'arme blanche,
Qu'une fois nous *passions la Manche*,
Dans la Manche aussitôt nous vous verrons *souffler*.
Encore un calembourg!.. et vraiment, s'il vous choque,
Messieurs, vous n'êtes pas au bout :
Sachant que les Anglais en tout

(1) Il est certain que le camp de Boulogne inspirait de vives craintes au gouvernement anglais, qui, dans le moment de crise où il se trouvait, ne put éluder les dangers de la descente qu'en rallumant, à force d'argent, la guerre continentale. Cette diversion sauva l'Angleterre au préjudice de l'Autriche, que la capitulation d'Ulm et la victoire d'Austerlitz réduisirent aux dernières extrémités.

Sont très-portés pour l'équivoque :
J'ai dû parler dans votre goût.

Au surplus, vous savez qu'en France
On veut rire de tout un peu ;
Ne puis-je sur les mots jouer sans importance,
Lorsque de tous nos maux vous ne faites qu'un jeu ?

Allons, messieurs, allons, montrez-vous plus honnêtes,
Si ce n'est un effet de pure probité,
Cédez du moins, cédez à la nécessité,
Et n'allons pas crever le ballon des tempêtes.
Votre grand Echiquier (1), s'il est de bonne foi,
Et si du jeu d'échecs il connaît la rubrique,
Vous dira ce qu'un fou, par une marche oblique,
Peut faire de mal à son roi.
Or, d'être échec et mat quand vous courez la chance,
Prévenez de fâcheux éclats.
Contre nos débarqués respirant la vengeance,
Votre grand fonds de suffisance,
Croyez-moi, ne suffira pas.
Je vous le dis, en bon apôtre :
La paix, la douce paix est notre unique but.

(1) Pitt était chancelier de l'Échiquier, c'est-à-dire du trésor de la couronne.

Adieu, Milords, adieu; recevez mon salut.
Et tâchez d'assurer *le vôtre.*

Écrit sous la dictée de Pierre-Nicolas-Va-de-Bon-Cœur.

DIALOGUE SUR LE HÉROS DE MARENGO.

De ce héros cher aux Français
Çà, conte-moi tous les hauts faits;
Nous boirons un coup par victoire.
— Tudieu! modère ce transport:
Veux-tu donc rester ivre-mort
A la moitié de son histoire?

TRADUCTION DES VERS PRÉCÉDENTS,

PAR L'ABBÉ PAUL (1).

Herois quem Francus amat, veneratur et orbis,
Splendia percense, nunc age facta mihi;
Singula jamque scyphus celebret!.. Moderatiùs, ohe!
Ebrius anne cupis, dinumerando, mori?

(1) De l'Académie de Marseille, mort en 1810.

LA BARONNE ET LE NOVICE,

HISTORIETTE.

Au sortir d'un trop bon repas,
Certain novice, épris d'une baronne altière,
Qu'on disait aguerrie aux amoureux débats,
Osait porter sur elle une main familière,
Et menaçait déjà ses plus secrets appas,
Quand la dame fit un faux pas,
Et tomba... de telle manière
Qu'il fallait être un sot pour n'en profiter pas.
« Ah! madame, pardon de mon impertinence, »
S'écrie avec effroi le jeune capucin,
Qui n'avait point encor perdu son innocence.
« Je me suis oublié, je vous ai fait offense;
» Mais le remords me parle, enfin,
» Et j'implore votre clémence!... »
« — Au diable tes remords, effronté libertin,
» Répond, tout en émoi, notre fière baronne :
» M'attaquer, m'insulter, et rester en chemin!
» Achève ton crime, coquin,
» Si tu veux que je te pardonne! »

SUR UNE ÉPIGRAMME

QUE ***** M'A FAIT LONG-TEMPS ATTENDRE.

Je vous l'avais bien dit que ce pauvre *****
Ferait long feu dans l'épigramme :
Sa haine est comme son amour ;
Nous avions sur ce point le secret de sa femme.

SUR DES VERS ADRESSÉS A LA MAITRESSE D'UN MINISTRE

PAR LE MATHÉMATICIEN ***.

En lisant le quatrain flatteur
Qu'il fait pour l'actrice en faveur,
On devine assez que l'auteur
Est poète et calculateur.

LA SORCIÈRE,

ANECDOTE.

Lucinde', présidente altière,
Au balcon des Français traitait du haut en bas
La vieille Alix, bonne fermière,
Qui, par malheur, ne la connaissant pas,

Se mettait à son aise et la laissait derrière.
— Eh! la femme! — Plaît-il? — Vous me gênez. — Pardon!
— Mais vous restez! — Oui dà. — Faites-moi place. — Non.
— Pour répondre de la manière,
Savez-vous qui je suis, enfin?
— Ce que vous êtes, vous? — Moi-même. — Une catin.
— Une catin! Ah! la sorcière!

LA FAVEUR ET LA JUSTICE (1).

Un petit avocat, prodige de souplesse,
Se mettait sur les rangs pour être magistrat.
De tous ses protecteurs dressant un long état,
Il y portait une princesse,
Trois baronnes, un comte, un duc et sa duchesse,
Une fille et même un prélat.
« Je suis bien, disait-il, mais au mieux chez un prince
» Où j'exerce un emploi qui certes n'est pas mince.
» Avec son intendant je suis un peu lié
» Par le sang et par l'amitié.
» Son fils même, son fils avec moi rit et joue,
» Et jamais l'enfant ne me voit

(1) On pense bien que ces vers font allusion à un homme connu. Le grand âge auquel il est parvenu, et le respect qu'on doit aux cheveux blancs, m'empêchent d'imprimer son nom.

»Sans me donner, du bout du doigt,
»De petits soufflets sur la joue.
»Enfin j'ai du crédit, et j'ose me flatter
»Que sur tous mes rivaux je saurai l'emporter.»
Oui, lui répondit-on, s'il vaquait un office
Dans l'antichambre d'un seigneur,
Vous pourriez, à bon droit, obtenir du service.
Mais il nous faut un juge et non un serviteur....
Vous élevez trop haut le prix de la faveur
Pour aimer beaucoup de la justice.

A V..., SUR SON ÉPITRE A TELS ET TELS,

DANS LAQUELLE IL M'AVAIT ATTAQUÉ.

Par une si pauvre satire
Penses-tu m'avoir outragé?
Les gens de goût n'ont pu te lire;
Ou, s'ils t'ont lu, je suis vengé.

LES BALAYEURS,

FABLE.

Souvent les balayeurs, à la fin d'un orage,
Pour grossir les ruisseaux en arrêtent le cours;

Puis d'un pont chancelant nous offrent le secours,
Et nous font payer le passage.

De ces gens-là, toujours, subirons-nous la loi?
Combien, autour de nous, on en peut reconnaître!
Sans les embarras qu'ils font naître
Que de gens seraient sans emploi!

SUR LE CENSEUR DES JOURNAUX (1).

Est-il vrai que monsieur Feuillet,
L'esprit troublé par ses chimères,
Ait conçu l'utile projet
De corriger tous ses confrères?
— Moi! je n'en sais pas plus que vous.
Mais sa bonté serait extrême
De vouloir faire ainsi pour nous,
Ce qu'il n'a pas fait pour lui-même.

(1) Journal qui parut en 1795 sous les auspices des Comités de gouvernement, et qui, ayant fini par prendre une couleur royaliste, fut supprimé le 20 fructidor an v (6 septembre 1797).

SUR LES QUERELLES INTERMINABLES DU CONSERVATOIRE (1).

En vérité, l'on n'y tient pas !
Ces messieurs du Conservatoire,
S'ils veulent conserver leur gloire,
Devraient bien finir leurs débats !
J'admire leurs talents, et même leur génie;
Mais, au fait, ils ont un grand tort :
C'est de s'intituler professeurs d'harmonie,
Et de n'être jamais d'accord.

A DE PETITS GRIMAUDS

DÉCHAÎNÉS CONTRE LA HARPE.

Je veux croire avec vous que La Harpe décline.
Mais pourquoi, s'il vous plaît, vous en féliciter ?
S'il descend du sommet de la double colline,
Il n'a pas la douleur de vous y voir monter.

(1) Le Conservatoire de Musique était partagé en deux coteries extrêmement animées l'une contre l'autre. Feu Lesueur, auteur de *la Caverne* et de *la Mort d'Adam*, ne sympathisait pas avec les Méhul, les Catel, les Chérubini, ses rivaux de gloire, et les journaux étaient alors remplis de leurs accusations réciproques. Lesueur finit par être compris dans une réforme, mais l'empereur l'en dédommagea en le nommant directeur de la chapelle des Tuileries.

A UN DIRECTEUR DES FINANCES
SUR LES IMPORTUNITÉS D'UN SOLLICITEUR.

Crass.., ce rimeur importun,
Si verbeux quand il est à jeûn,
Se tairait s'il faisait bombance :
Au nom de l'intérêt commun,
Assurez-lui sa subsistance !

SUR L'UNION D'UN JOURNALISTE
A UNE COMÉDIENNE.

Sire Albert, pauvre journaliste,
Mais robuste et plein de santé,
Avec Agnès, joyeuse artiste,
A souscrit un nouveau traité.
D'or, de plaisir et de louange,
Ces amants font un triple échange ;
Et l'on rapporte ainsi qu'il suit
L'acte concis qui les engage :
— « Je loue Agnès à tant la page....
— » Je loue Albert à tant par nuit. »

LE TOUT PETIT CRITIQUE.

Et ce petit jugeur, que dirons-nous de lui?
Que c'est un petit fat, d'une ignorance extrême,
Qui juge tous les jours les jugements d'autrui,
Et n'eut jamais l'esprit de se juger lui-même.

A UN BARBOUILLEUR
QUI AVAIT FAIT MA CARICATURE.

Pour me représenter en laid
Ton crayon a recours à la caricature?
Beau mérite, vraiment! d'une plate figure
Je ferais bien mieux le portrait
En te peignant d'après nature.

SUR UN HYPOCRITE,
DIALOGUE.

— Va-t'en au diable avec Girard,
Dont tu m'exaltes le mérite.
Ne vois-tu pas que tout son art
Est celui d'un vieil hypocrite?
— Je confesse tous ses défauts :
Son cœur et son talent sont faux ;

Mais il a de l'esprit en somme...
— Comment donc ! il a tant d'esprit
Qu'à le juger sur ce qu'il dit,
On le croirait presque honnête homme !

SUR LE GRAND COURROUX DE L. T.

— Eh ! laissez là ce pauvre hère !
Quand il se livre à son dépit,
Vous voyez bien qu'il perd l'esprit.
— Il est donc toujours en colère ?

SUR LA CÉCITÉ DU POÈTE LEBRUN,
QUI VENAIT DE FAIRE UNE ÉPIGRAMME CONTRE VIGÉE.

D'un voile épais, dit-il, sa paupière est chargée :
Qui diable y verrait mieux ? il aperçoit Vigée.

ENVOI D'UN RECUEIL DE VERS
A ZORAÏME CRÉTU.

Quand j'imprimai ce faible ouvrage,
Dans un moment de vanité,
Je promis de n'en faire hommage
Qu'au talent joint à la beauté.

Je vous vois et je vous l'adresse ;
C'est trop indiscret, j'en convien ;
Mais, Zoraïme, il fallait bien
Être fidèle à ma promesse.

LA MAIN CHAUDE,

ANECDOTE.

De tous les jeux que l'on invente
Pour occuper, le soir, un moment de loisir,
Le plus simple, toujours, fait le plus de plaisir :
Aussi la main chaude est charmante.
Jouant donc à ce jeu dans un cercle d'amis,
Où la franche gaîté, le gros rire est permis,
J'avais le dos courbé, la main sur le derrière,
Et la tête cachée entre les deux genoux
D'une jeune et belle fermière,
Quand, par la grosse main de Lucas, son époux,
Je me sentis frappé d'une rude manière.
« Qui t'a touché ? » me dit le sot,
Se trahissant au premier mot ;
« Corbleu ! c'est un cocu ! répondis-je en colère.
» — Holà ! reprit-il aussitôt :
» Je ne suis plus du jeu : vous y voyez, compère ! »

A JÉROME DE LALANDE,

SUR SON ATHÉISME.

De l'espace infini mesurant l'étendue,
Tu n'y reconnais pas la main du Créateur !
La nature, pauvre homme, en allongeant ta vue,
A donc bien rétréci ton cœur !

SUR B***,

QUI M'AVAIT ATTAQUÉ DANS UNE SATIRE.

On dit que c'est un pauvre sire :
Mais je n'ose le répéter :
Pour s'en convaincre il faut le lire ;
Et j'aime encor mieux en douter.

LE VOLEUR ET LE BANQUEROUTIER.

L'autre soir un fameux voleur,
Accompagné de sa brigade,
Chez Mondor, riche fournisseur,
Était entré par escalade.
Comptant sur tout l'or du Pérou,
Il cherche, il fouille ; ô peine extrême !
La caisse ouverte, et pas un sou !
Maître Mondor, le matin même,

A la lune avait fait un trou.
« *Bone Deus!* la chose est claire,
» Dit, en fermant le secrétaire,
» Notre brigand désappointé :
» On a tout pris, tout emporté..
» Ce que c'est que d'avoir affaire
» A des hommes sans probité ! »

SUR UN POÈTE DESCRIPTIF.

Cet auteur, quoi qu'il en ait dit,
N'a pas vu tout ce qu'il décrit :
Mais, s'il voyait sur nos figures,
L'effet que nous font ses peintures,
Nul peintre n'aurait plus que lui
Sujet de nous peindre l'ennui.

COUPLETS SUR LA NAISSANCE DU ROI DE ROME, 20 MARS 1811 (1).

Air du *Devin de Village.*

Entends nos vœux, princesse auguste.
A chaque instant sur les Français,

(1) Ces couplets, qui ont paru dans le *Journal de Paris,* au moment même que le canon annonçait la naissance du prince, ont été recueillis dans le livre intitulé : *Hommages poétiques,* 1811.

D'une main libérale et juste,
Tu répands de nouveaux bienfaits.
Ce peuple t'adore;
Mais il ose encore
Espérer un plus doux présent:
C'est un enfant.... (*bis.*)

Quel bruit a fait trembler la terre?
Est-ce le signal des combats?
Parlez, et du Dieu de la guerre,
A l'instant, nous suivons les pas.
Non, ce bruit terrible,
D'un bonheur paisible
Nous promet le plus sûr garant:
C'est un enfant.... (*bis.*)

Dès long-temps, fils de la victoire,
Les Français, fiers de ta grandeur,
Ne font plus de vœux pour ta gloire:
Ils en font tous pour ton bonheur.
Mais quel bien suprême,
Présent de Dieu même,
Comble tes vœux en un instant?
C'est un enfant... (*bis.*)

Ce bruit, pour nous rempli de charmes,
Retentit dans tout l'univers.

Il devient un sujet d'alarmes,
Pour l'orgueilleux tyran des mers.
  Nos cris d'allégresse
  Doublant sa tristesse,
Il dit tout bas, en murmurant :
    C'est un enfant !!... (*bis*).

L'Anglais, jaloux du vaste empire
Soumis à ton juste pouvoir,
Dans l'avenir cherchant à lire,
Conservait un dernier espoir.
  Sa fourbe est punie ;
  Quel puissant génie
Confond son espoir insolent ?
    C'est un enfant.... (*bis*).

Au bord de son île escarpée
John Bull promène ses soldats ;
Il tient une impuissante épée,
Et se croit le Dieu des combats ;
  Mais que dans la plaine
  Son malheur l'entraîne,
Comme il s'apaise en un instant !
    C'est un enfant... (*bis.*)

Laissons l'Anglais, toujours en proie
Au spleen, qui trouble ses esprits :

Des transports d'amour et de joie
Ont éclaté dans tout Paris.
De cette allégresse
Partageons l'ivresse,
Et répétons tous en chantant :
C'est un enfant !... (*bis.*)

A UN PRÉTENDU POÈTE
QUI SIGNE ET PARAPHE TOUS SES OUVRAGES.

En vain sur ce tome nouveau
Tu mets ton nom et ton paraphe,
Sont sort en sera-t-il plus beau?
Tous ces enfants de ton cerveau,
Ignorés du bibliographe,
Précèdent leur père au tombeau;
Et c'est, hélas ! sur leur berceau
Qu'il faut graver leur épitaphe !

A L'AUTEUR DU PAMPHLET
INTITULÉ : *Sottises du Jour*.

— Quel est ton métier dans ce monde,
L'ami ? — Je recueille à la ronde
Les quolibets, les plats bons mots
Qui composent l'esprit des sots.

— Ton métier ne me plairait guères,
L'ami; je ne sais trop pourquoi
L'on va glaner chez ses confrères,
Quand on peut moissonner chez soi.

HENRY ou L'HEUREUSE RÉSISTANCE.

Air de Romagnesi.

Pourquoi donc, monsieur l'étourdi,
Dans mes yeux cherchez-vous à lire?
Vous êtes un peu trop hardi
Et mes yeux n'ont rien à vous dire.
La nuit vient: j'attends mon époux.
Allons, monsieur, retirez-vous.

Du salon jusqu'à mon boudoir
Pourquoi me suivre de la sorte?
Jeune fou, quel est votre espoir?
Et pourquoi fermez-vous ma porte?
La nuit vient: j'attends mon époux.
Allons, Henry, retirez-vous.

Comment donc! il me prend la main!
Il me la serre d'un air tendre!
Je vais crier... Las! c'est en vain!
Ma voix ne peut se faire entendre.

La nuit vient : j'attends mon époux.
Allons, Henry, retirez-vous.

Quoi ! rien ne saurait l'apaiser !
Ah ! qu'au moins la pitié vous touche.
Oh ! le méchant !... de quel baiser
Il ose me fermer la bouche !
Imprudent ! j'attends mon époux.
Mon cher Henry, retirez-vous.

Mais quel trouble s'élève en moi !
Henry !... ma force m'abandonne...
Henry ! Henry..... je suis à toi.....
Sois fidèle, et je te pardonne.
Il fait nuit : j'entends mon époux.
Mon bon Henry, retirez-vous !

SUR UN BEAU DESSIN DE C. VERNET,

REPRÉSENTANT UNE COURSE DE CHARS.

De ces coursiers fougueux que j'aime la fierté !
Dans leur rapide élan quelle ardeur les anime !
O Vernet ! je le sens à cette ardeur sublime :
Ils transportent leur peintre à l'immortalité.

LE CACHET DES AUTEURS.

Triste ou plaisant, fade ou sublime,
Chaque auteur porte son cachet;
De là vient que le plus discret
Ne saurait garder l'anonyme.
Par exemple, voyez *Balourd :*
Quand il veut nous tracer l'image
D'un pédant bien sot et bien lourd,
Comme il se peint dans son ouvrage !

UNIQUE RÉPONSE A FABIEN PILLET.

Je ne répondrai point à ce censeur bénin :
Son vers me tient lieu de satire,
Et j'ai cru lui jouer un tour assez malin,
Puisque je l'ai forcé d'écrire (1).

Par M. Baour-Lormian.

(1) Ceci atteste suffisamment que je n'étais pas l'agresseur.

SUR UN POÈTE ACCUSÉ D'IMPUISSANCE.

Qu'en s'essayant aux devoirs du ménage
Il reste court, le cas n'est pas plaisant.
Bien mieux vaudrait qu'il en eût fait autant
Au premier vers de son premier ouvrage !

LA CONSÉQUENCE INCONTESTABLE.

Dans des vers rocailleux qu'à grand' peine il traça,
Bardus, le lourd *Bardus*, contre Lebrun-Pindare
Signale sa fureur barbare
Et nous prône un *Lebrun*-***.
De sa double hérésie on devine la cause :
Il faudrait que du Pinde Apollon expulsé,
Par Gâcon y fût remplacé,
Pour qu'un *Bardus* fût quelque chose.

A MADAME CRÉTU,

ARTISTE DE L'OPÉRA-COMIQUE.

Certain fripon, sûr de gagner au jeu,
N'a pas long-temps m'avait fait la gageure
Qu'en prose ou vers, de l'amour la plus pure
Point n'oserais te faire un doux aveu.

Il a gagné, car sitôt que m'apprête
A te parler, timidité m'arrête.
Il a gagné !... S'il gageait aujourd'hui
Qu'amour pour toi ne brûle pas mon âme,
Ou que le temps en éteindra la flamme,
Bien serais sûr d'être quitte envers lui !

ÉPITAPHE DE ****. 1814.

Ci-gît ***, de l'Institut,
Qui fit sans esprit et sans but
Des vers que jamais on ne lut,
Et que chacun met au rebut.
Pour la gloire toujours en rut
Avec ardeur il la courut,
Mais cette ardeur ne lui valut
Que froids mépris dès son début,
Mépris qu'en tout temps on lui dut
Et dont le malheureux perçut
En tous lieux un ample tribut.
Sur chaque chose il discourut,
Sans que jamais il en connût
Seulement le moindre attribut.
Chacun des projets qu'il conçut
Le moment d'après lui déplut,

D'où le moindre clairvoyant conclut
Que jamais au juste il ne sut
Ce qu'il dit ni ce qu'il voulut.
Comme il fit toujours ce qu'il put
Pour qu'en ce monde on l'aperçût,
Quelque temps peut-être on lui crut
Un peut plus d'esprit qu'il n'en eut,
Et Dieu sait s'il s'en prévalut !
Mais bientôt on le reconnut
Pour un importun, s'il en fut ;
Dès ce moment peu s'en fallut
Que partout on ne le reçût
Comme la peste ou le scorbut.
A cet affront il survécut
Quelques jours, sans qu'il y parût.
L'autre soir enfin il s'en fut
Dans le ciel ou chez Belzébut.
Faisons des vœux pour son salut :
Mais il était temps qu'il mourût :
Ce jour-là, du moins, il se tut.

A CARLES VERNET,

SUR SON DESSIN DES INCROYABLES (1).

Des élégants du jour quand tu nous peins les traits,
Prête-leur du moins ta tournure :
Tu n'as fait là que leurs portraits ;
Je voudrais leur caricature.

SUR LE PORTRAIT DE BRUTUS,

EXPOSÉ AU SALON DE 1800.

Brutus est immortel (mais Marat l'est aussi) ;
C'est en me révoltant que sa vertu m'étonne ;
Et, s'il faut parler net, j'aime mieux voir ici
Son image que sa personne.

DIALOGUE.

—Pour Dieu ! modère ta fureur,
Et laissons là ce pauvre auteur !

(1) Lorsque ce peintre spirituel publiait sa gravure des *Incroyables*, il suivait lui-même et outrait plus que personne les modes dont il se moquait.

— Non, vainement tu m'en supplies ;
Je veux le dire à tout venant :
Il n'est pas de sot plus pédant....
— Finis donc, mon cher, tu t'oublies !

ÉPITAPHE.

Ci-gît qui, tourmenté d'une ardeur insensée,
Entassant écrit sur écrit,
Courut plus de trente ans après une pensée :
Il la cherchait encor quand la mort le surprit.

SUR UN ORATEUR QUI A DE BEAUX GESTES.

— Si loin de l'orateur, l'entendez-vous ? — Au mieux.
Il parle de la main et je l'entends des yeux.

SUR UN PHILANTHROPE DE 1793.

Il avait, croyez-moi, l'esprit philanthropique,
Et la félicité publique
Fut toujours l'objet de ses vœux.
« Souhaitez, disait-il, que le sort me seconde :
» Le bonheur n'est qu'en l'autre monde ;
» Avant qu'il soit un an, je vous rends tous heureux. »

L'INSOMNIE.

— Cher docteur, je ne dors ni la nuit ni le jour !
— Un bol assoupissant vous serait nécessaire....
— Soit ! je vais de ce pas... — Où ? — Chez l'apothicaire.
— Eh ! non, non : allez chez Baour.

A L'AUTEUR DES TROIS MOTS.

Tu veux donc m'immoler, implacable Baour ?
Ah ! combien je craindrais la fureur qui t'anime
Si pour écraser ta victime
Il te suffisait d'être lourd !

AU MÊME,

QUI ME CONDAMNAIT A LA PEINE DU BAILLON (1).

Me bâillonner, après les maux que j'ai soufferts !
Et Baour a pu rendre un arrêt si funeste !

(1) Il est juste de rapporter ici les traits satiriques que M. Baour avait décochés contre l'auteur :

— Consulter un cheval ! pourquoi non, s'il vous plaît ?
Son goût est-il moins sûr que celui de Pillet ?
. . . .
— Bâillonnez Fabien. . . . .
— Pillet voltige et chante, étourdie alouette,
Sous l'œil de l'épervier dont l'appétit la guette.

(*Les trois Mots*, par Baour-Lormian.)

Le barbare ! il veut que je reste
Dans l'état où m'ont mis ses vers !

LOGOGRYPHE SUR LE NOM DE MLLE MÉZERAI (1).

Je suis jeune, vive et jolie.
On vante mon esprit, mes talents et mon cœur.
Par moi la scène est embellie,
Et si vous fréquentez le temple de Thalie,

(1) Cette actrice du Théâtre-Français avait de l'esprit, de la beauté, un talent agréable, et surtout des manières distinguées. Aussi jouait-elle bien les rôles de coquettes. On ne conçoit pas qu'avec toutes les habitudes d'une petite maîtresse, elle ait fini par se livrer sans réserve à une passion dont on ne trouve guère d'exemple que parmi les femmes de la plus basse classe. L'abus des liqueurs spiritueuses lui causa une maladie de nerfs qui se changea bientôt en une sorte de folie, et, par suite de cette folie, un accident affreux termina ses jours. Parée avec une extrême recherche, mademoiselle Mézerai sortit de chez elle un matin sans faire connaître à ses gens le but de sa promenade ; elle ne rentra pas de la journée ; et le lendemain on la trouva morte dans la tranchée d'un égout en construction près du Gros-Caillou. On suppose qu'errant à l'aventure, l'infortunée y était involontairement tombée au milieu d'une nuit obscure.

Il est singulier que les biographies ne parlent point de cette actrice, qui resta plus de vingt ans au théâtre et y fut toujours applaudie.

Je puis gager, ami lecteur,
Que vous m'aimez à la folie.
On trouve en mes sept pieds ce mois où le printemps
Vient rendre aux bosquets leur parure;
L'empire de Thétis; le lit d'une onde impure;
Le plus léger des éléments;
L'amante d'Orosmane, et notre Vierge-Mère.
Un synonyme de colère.
Ce nom qui d'un bon fils semble toucher le cœur
Plus encor que celui de père.
Un légume graineux, l'instrument du rameur;
Le titre vraiment respectable
Que brûle d'acquérir tout vertueux amant,
Et qu'il n'obtient jamais pourtant
Sans paraître un peu moins aimable.
Mais, parmi tant de noms que renferme le mien,
Il en est un plus cher encore:
Celui que dans le cours du plus doux entretien,
Je donne au mortel qui m'adore,
Nom tendre, mais discret, par l'amour adopté,
Que le cœur le plus froid, l'être le plus farouche,
Ne peut recevoir de ma bouche
Sans tressaillir de volupté.

APOLOGIE D'UN HOMME DE BIEN. 1796.

Trop amoureux du bien d'autrui,
Ce pauvre homme eut, parfois, la faiblesse de prendre
Et n'eut jamais celle de rendre
Quelques petits effets qui n'étaient point à lui.
Adroit et plein d'esprit, il sut mieux que personne
Fabriquer un faux seing, enlever un scellé.
Il fut enfin, dit-on, un voleur signalé ;
Mais ce nom, que chacun lui donne,
D'honneur il ne l'a pas volé.

SUR LE MÊME.

DIALOGUE.

— Sais-tu bien de quoi l'on t'accuse ?
— De vol, peut-être ?... — Oui, tout de bon.
— Eh bien ! j'ai de l'or pour excuse.
— Qu'entends-je ? serais-tu fripon ?
— Bon ! j'ai pris la route commune.
La probité ne mène à rien :
Qu'elle conduise à la fortune,
Tu me verras homme de bien.

A UN GRAMMAIRIEN

QUI ÉPLUCHAIT LES VERS DU POÈTE LEBRUN.

Si je t'en crois, Lebrun-Pindare
N'a qu'un style faux et barbare.
Pâlir sur la valeur d'un mot
Ne fut jamais son habitude;
Mais, enfin, il t'a nommé sot :
N'est-ce pas de l'exactitude?

A UN POÈTE MORALISTE.

Tu répètes souvent d'après un de nos sages :
« La mort, c'est le sommeil. » Ce sage n'a pas tort;
Mais quel malheur pour nous, quand tu lis tes ouvrages,
Si le sommeil était la mort!

AU POÈTE LEBRUN,

SUR SA QUERELLE AVEC MADAME PIPELET, PRINCESSE DE SALM (1).

Tu combats une femme et ta bouche l'outrage!
Ah! Lebrun, calme ce transport,

(1) La querelle littéraire que madame Pipelet eut avec le poète

Et souviens-toi du vieil adage :
« Vous vous fâchez : vous avez tort ! »
On aime la valeur, mais la valeur galante ;
Et le vaillant Lebrun, combattant Pipelet,
Doit rappeler Roger frappé par Bradamante :
Il résistait, mais à regret.
Emporté par l'excès d'une rage cruelle,
Le fougueux ravisseur des coursiers de Rhésus,
Diomède blessa Vénus,
Et Vénus en parut plus belle.
Ne va donc pas tenter, par un semblable effort,
Une aussi cruelle victoire.
Dans ce combat, tel est ton sort,
Que, vainqueur ou vaincu, tu flétrirais ta gloire.
Mais, que dis-je, vainqueur? tu ne peux résister ;
Tes coups sont incertains quand la fureur t'égare ;
Et, riant du courroux que tu fais éclater,
Sapho va, sans effort, l'emporter sur Pindare.

Lebrun fit beaucoup de bruit dans le temps, et fournit une occasion de remarquer la brusquerie peu galante du Pindare français à côté de la modération de son adversaire.

A FABIEN PILLET.

Tu dis que, peu goûté des esprits difficiles,
Aux *jeux de Melpomène*, où j'ai fait un vain bruit,
Je séduis tous les imbécilles :
Comment ne t'ai-je pas séduit?

Par LEGOUVÉ.

A LEGOUVÉ,

SUR CE QU'ON BLAMAIT SES JEUX DE MELPOMÈNE.

Moi! je n'approuve pas les censeurs rigoureux
Qui blâment de tes vers les licences hardies.
La preuve que pour toi Melpomène a des jeux,
C'est qu'on rit à tes tragédies.

RÉPLIQUE DE LEGOUVÉ.

Quoi! tu te plains des vers où je daignai descendre
Jusqu'à ton libelle grossier!
Tu devrais m'en remercier :
Ingrat! mes vers l'auront fait vendre.

A LEGOUVÉ.

Oui, Legouvé, tu l'as bien dit :
Tel est l'effet de ta censure
Qu'en t'acharnant sur ma brochure,
Tu viens de la mettre en crédit.
Voulant, par un moyen semblable,
A ton quatrain donner du prix,
Je soutiens qu'il est pitoyable ;
Mais chacun est de mon avis !!

MES ADIEUX A FABIEN PILLET.

Du Parnasse insecte risible,
Je cesse un stérile combat :
Tu rampes tellement à plat
Que t'écraser est impossible.

Par Legouvé.

SUR CETTE RETRAITE PRÉCIPITÉE.

C'est ainsi qu'un méchant gascon,
Dans mes mains voyant un bâton,
Dissimulait sa couardise.
Tout en fuyant, l'archi-poltron

Me criait d'un air fanfaron :
« Je m'en vas, car je te méprise. »

SECONDE RÉPONSE.

Eh ! vraiment si je rampe à plat,
C'est un effort que j'ai dû faire
Pour être, à l'instant du combat,
Au niveau de mon adversaire (1).

(1) L'auteur de ce recueil s'avouerait blâmable si, dans cette querelle frivole qui finit par des injures, il avait été l'agresseur. Il croit devoir à ce sujet rapporter le témoignage d'un ami de Legouvé, feu M. Arnault de l'Académie Française, qui, dans ses *Mémoires d'un septuagénaire*, dit en propres termes : « J'ai vu avec » peine Legouvé s'engager à cette époque dans une guerre de cette » espèce avec Fabien Pillet, qui l'avait blessé par des critiques non » moins modérées quant au fond que quant à la forme. Legouvé » eut d'autant plus de tort en cela que son talent était peu propre à » l'épigramme. » Il convient de dire, au surplus, que, revenu depuis à des sentiments de modération, Legouvé tendit une main amie à son adversaire, et que celui-ci, de son côté, fut heureux de se réconcilier avec un poète si honorable. C'était vraiment une époque singulière que celle où des hommes de lettres tels que Chénier et Despaze, Lebrun et M. Lormian, Vigée et Palissot, Arnault et Esmenard, se traitaient mutuellement de sots dans les feuilles publiques, sans qu'aucun de leurs lecteurs eût seulement la pensée de les croire sur parole.

LES LOISIRS MEURTRIERS D'UN MÉDECIN.

Croyez-en le docteur : s'il fait de longs discours,
S'il fait des vers ou de la prose,
C'est *pour tuer le temps*. Quel homme ! il veut toujours
Tuer quelqu'un ou quelque chose !

QUESTION SOUMISE A DESPAZE (1).

Si votre juge est un Dandin,
Je ne sais pas ce que vous êtes ;
Mais le sort des Dandins est de juger les bêtes :
Aurais-je rempli leur destin ?

(1) Despaze, dans sa seconde satire, parlait de l'auteur en ces termes :

Et moi, dit Fabien, je juge en prose, en vers ;
Je juge tout Paris, je juge l'univers :
Mes jugements iront à la race future :
Je suis le vrai Dandin de la littérature.

Ces vers rappelaient le Dandin des *Plaideurs*, et le procès burlesque dont il est juge.

SUR L'AUTEUR DES TROIS SATIRES.

Je crains bien que ta renommée,
Bardus, ne s'en aille en fumée.
Le premier mets de ton repas
Fut goûté des gens délicats:
C'était un joli plat d'office.
Le second ne le valait pas:
On n'en dit rien : ce fut justice.
Que dire du troisième, hélas!
C'est du bœuf au dernier service.

LE SILENCE DE BARDUS.

Patience, messieurs; si Bardus ne dit mot,
Croyez qu'il parlera bientôt.
Celui dont vous croyiez la muse intimidée
A déjà préparé plus de termes pompeux,
Plus de mots qu'il n'en faut pour un poème ou deux.
— Eh! qu'attend-il encor? — Peu de chose: une idée.

A FRANÇOIS DOGNON (1),

QUI VENAIT EN AIDE A LEGOUVÉ POUR *écraser l'insecte.*

Insecte si tu veux ; malgré sa petitesse,
Cet insecte a pitié de tes airs fanfarons :
Laisse-le donc en paix : il n'est pas de l'espèce
Qui sert de pâture aux dindons.

SUR UNE CARICATURE

REPRÉSENTANT LA MORT D'UN POÈTE BOURSOUFLÉ.

Regardez ce rimeur qui meurt gonflé de vent :
Pour Phœbus il a pris Éole ;
Et, fidèle à ce Dieu jusqu'au dernier moment,
De son dernier soupir il enfle une hyperbole.

SUR L'ABBÉ ***, QUI M'APPELAIT PETIT AUTEUR.

Il m'appelle petit auteur ?
Eh bien ! c'est un petit malheur :

(1) Auteur famélique qui se mettait aux gages des auteurs bien rentés.

En attendant que l'on me dise
De quelle taille est mon censeur,
Je le mesure à sa sottise,
Et suis frappé de sa grandeur !

OAST A UN MÉDECIN PHILOSOPHE.

Le cocuage et le bonheur
Vont ensemble, dis-tu, dans le siècle où nous sommes.
Eh bien ! à ta santé, docteur :
Je bois au plus heureux des hommes !

LES SOULIERS DU MARQUIS DE LANGLE (1).

Des gentillesses de sa plume,
Delangle, un jour récompensé,
Le fut plus fort que de coutume :
Vous jugez s'il fut bien rossé.
Le soir ce bâtard de Nonotte,
Pour gratter son pauvre fessier,

(1) Ce marquis, après avoir publié un *Voyage en Espagne*, qui n'était pas dépourvu d'esprit, se mit à faire des libelles a tant la page, et perdit par là l'estime publique, sans pouvoir se tirer de l'extrême misère dans laquelle il était tombé.

Dépouillant sa pauvre culotte,
Y trouve, ô surprise ! un soulier.
Qu'est-ce ? dit-il, une chaussure?
La Providence est juste, enfin ;
Elle a voulu que saint Crépin
Mît un baume sur ma blessure.
Mais que faire d'un escarpin ?
Soudain, invoquant son génie,
Il vous broche tant bien que mal
Un long article de journal
Bien rembourré de calomnie.
Il fallut voir le lendemain
L'effet de sa nouvelle attaque !
Et pan, et pan, sur sa casaque
Les coups de pieds allaient leur train.
Et pourtant notre hypercritique,
Bien qu'on le frappât rudement,
D'un air contrit et flegmatique
Tendait le dos complaisamment.
« Laissez, disait-il, laissez faire :
» J'ai prévu la fin de l'affaire :
» Monsieur, qui croit m'humilier,
» Ne m'avait laissé qu'un soulier :
» Dans un moment j'aurai la paire. »

A UN FOUGUEUX ORATEUR.

De tes discours, pauvre S...in,
Nous plaignons le fâcheux destin.
Leur infortune est sans égale.
Cependant, n'en sois point surpris :
Qui ne sème que du scandale
Ne recueille que du mépris.

LA PETITE GASCONNE,

DIALOGUE.

— Approchez, imprudente fille :
Quel est ce jeune freluquet
Qui du parc, l'autre soir, escaladait la grille,
Pour vous suivre au fond du bosquet?
— Eh! mais c'est un garçon qui me trouve gentille,
Et me fait tous les jours accepter un bouquet.
— C'est vraiment fort joli, ma chère;
Mais quand ce beau monsieur vient pour vous cajoler,
Ne pourriez-vous du moins feindre quelque colère
Et lui dire de s'en aller?
— Oh! je m'en garde bien.... Ma mère
M'a défendu de lui parler.

LA VEUVE HONNÊTE.

Trève à tous ces propos, me disait une veuve ;
Je suis honnête, au fond, et puis vous le prouver.
Au fond? lui répondis-je. Ah! place mieux ta preuve,
Ou je ne réponds pas de la pouvoir trouver.

SUR LA MORT SUBITE

DE L'IMPRIMEUR QUI AVAIT PUBLIÉ LES SATIRES DE DESPAZE.

Sitôt que de Despaze on m'eut montré l'ouvrage,
Je prévis ce fâcheux décès :
Tout pauvre créancier qui veut ravoir son gage
Est pressé de courir après.

ÉPIGRAMME CONTRE FABIEN PILLET.

Je vais exterminer tous les sots du Parnasse,
Criait un jour le capitan Pillet.
— Eh! mon ami, faites-moi grâce,
Lui dit quelqu'un qui l'entendait.
— Qui? moi les épargner! moi que rien n'intimide!..
— Soit; mais le ciel défend le suicide.

Par M. Lebrun-Tossa.

AUTRE, CONTRE LE MÊME.

Je vous l'avais bien dit qu'aux grimauds du Parnasse
Le capitan Pillet ne ferait point de grâce :
On l'a trouvé dans le fond d'un égout
Qu'emplissent ses journaux, son *Déjeûner* surtout (1) ;
Et sa revue et son fatras d'injures.
Savants nomenclateurs, n'omettez pas ce fait ;
Et, quand l'âge futur s'enquerra de Pillet,
Dites qu'il se noya dans ses propres ordures.

Par M. Lebrun-Tossa.

A L'AUTEUR DES PRÉCÉDENTES ÉPIGRAMMES.

Oui, je l'avoue avec franchise,
Quand je signalais ta sottise,
De mon fait j'étais peu certain ;
Mais, dans le courroux qui t'anime,
Tu te fais auteur ; on t'imprime :
Grand merci, j'ai la preuve en main.

(1) Journal qui avait attiré sur l'auteur, au 18 fructidor, un décret de déportation.

RÉPONSE A DES CRITIQUES,

AU SUJET D'UNE SATIRE CONTRE LES JACOBINS.

J'ai drapé dans une satire
Les vils agents de la terreur ;
Mais, au lieu d'exciter le rire,
Mes jacobins ont fait horreur :
Vous les jugez donc détestables ?
Hélas ! j'aurais dû m'en douter :
Il est des sujets exécrables
Qu'il faudra toujours mal traiter.

SUR L'AUTEUR D'ARABEL ET VASCOS (1).

Frère Tossa, terrible en sa vengeance,
Depuis Vascos apprend à ferrailler
Pour immoler tous ceux qu'il fit bâiller :
Le malheureux va dépeupler la France!!

LA NAIVETÉ DE L. B... T....

« Pourquoi, disait T.... d'un ton affectueux,
» Refusez-vous toujours ce que je vous propose ?

(1) Pièce de circonstance jouée avec succès en 1794. Une critique modérée de cet ouvrage avait attiré à MM. Petitot et Fabien Pillet, alors rédacteurs du *Journal d'Instruction publique*, une réponse trop peu mesurée.

(Il m'offrait de ses vers le recueil monstrueux);
»Mon tome, j'en conviens, paraît volumineux :
»Mais c'est, au fond, bien peu de chose.»

DE QUOI VOUS MÊLIEZ-VOUS?

ANECDOTE.

Un vendredi, jour d'abstinence,
Certain prieur gourmand donnait un grand re[illegible]
On servit un poisson de superbe apparence
Poisson fort cher et dont on fait grand c[illegible]
« Attaquons-le, dit-il, le drôle a bonne mine ;
» — Arrêtez, dit un frère, on n'y touchera pas!
»J'ai vu le cuisinier l'accommoder au gras,
»Au mépris de la loi divine!
»—Parbleu, dit le prieur, alors dans l'embarras,
»Qu'alliez-vous faire à la cuisine!»

INSCRIPTION

PLACÉE DANS LES BOSQUETS DE TIVOLI.

Amants qui folâtrez dans ce riant séjour,
De ces bosquets touffus respectez le feuillage.
Le mystère fuirait s'il perdait leur ombrage;
Et sans mystère, adieu l'amour!

A L. B. C.,

SUR UN MAUVAIS OUVRAGE DANS LEQUEL IL FAISAIT PARAÎTRE UN ANE.

En vain, pour sauver ton honneur,
Tu renierais ce plat ouvrage;
Quand l'âne paraîtra, je gage
Qu'on y reconnaîtra l'auteur.

AU POÈTE LEBRUN,

SUR CE QUE F*** DÉCLARAIT NE PLUS VOULOIR RÉPONDRE A SES ÉPIGRAMMES.

Aux héros qui prennent la fuite
J'aime à voir cet air méprisant.
Achille eût trouvé fort plaisant
D'être méprisé par Thersite.

L'ABSENCE,

ROMANCE IMITÉE DE THÉOPHILE.

(Musique de Ladurner.)

Sur les bords de l'Isère, au matin d'un beau jour,
Fixant sur le portrait de sa jeune maîtresse
Des regards enflammés d'amour,
Lydamon l'admirait et le baisait sans cesse.

O fleuve ! disait-il, si tu la vois jamais
Celle dont je n'ai plus qu'une insensible image,
Tes flots, charmés par tant d'attraits,
Ne pourront s'éloigner de cet heureux rivage !

Le globe où nous vivons est entouré de mers.
Aux flots de l'Océan tu vas mêler ton onde :
Cours apprendre à tout l'univers
Que l'objet que j'adore est le plus beau du monde !

Ces fleurs, que sur tes bords nous aimions à cueillir,
Un matin les vit naître, un jour les décolore ;
Mais le temps, qui les fait périr,
Aux charmes de Zirphé semble ajouter encore.

O Zirphé ! quand l'hiver dévastera ces lieux,
Nous nous reverrons donc !.. Ces fleurs à peine écloses
Désormais attristent mes yeux :
Les frimas ont pour moi plus d'attraits que les roses !

SUR UN POÈTE MATHÉMATICIEN.

Oui, je le soutiendrai, Panglos excelle en tout,
En vers comme en algèbre ; et si cet homme rare
Dans la science exacte est un nouveau Pindare,
Il est toujours, dans l'ode, au niveau de Bezout.

SUR GEOFFROY,

QUI IMPUTAIT A LA JALOUSIE DES AUTEURS LES ÉPIGRAMMES DONT ON L'ACCABLAIT.

Maître Geoffroy, serré de près,
Veut aujourd'hui nous faire accroire
Qu'on est jaloux de ses succès;
Il dirait presque de sa gloire.
Eh! mes amis, de bonne foi,
Est-il au monde un pauvre hère
Qui ne fût fier de sa misère
En voyant prospérer Geoffroy?

EXCUSES A UN PLAT LIBELLISTE.

J'ai pu t'écraser, je l'avoue,
Mais sans dessein et sans te voir.
Quel plaisir pourrait-on avoir
A poser un pied dans la boue?

SUR UN FAISEUR DE PETITS ARTICLES

ET DE LONGUES CITATIONS.

Citant toujours quand il écrit,
Il ne compromet pas sa gloire;
Et, s'il conserve la mémoire,
Il ne perdra jamais l'esprit.

A L'ENNEMI LE PLUS FOUGUEUX
DE VOLTAIRE ET DES PHILOSOPHES.

Crois-tu donc bonnement, dans l'orgueil qui t'enivre,
Que ta feuille à Voltaire ait donné le trépas?
Voltaire, mon ami, n'a pas cessé de vivre;
Et sans lui tu ne vivrais pas.

DIALOGUE SUR LE MÊME.

— Est-il abbé, ne l'est-il pas (1)
L'auteur de ces grossiers débats?
— Je n'en sais rien, mais je présume
Que mon Geoffroy n'est qu'un poltron,
Spadassin quand il tient la plume,
Abbé quand il voit un bâton.

(1) Geoffroy avait quelque temps porté le petit collet, comme tous les hommes qui, sous l'ancien régime, se destinaient au professorat. C'est ce fait qui donna lieu à ses ennemis de l'appeler l'abbé Geoffroy. La vérité est, pourtant, qu'il n'était jamais entré dans les ordres. Sans doute cet aristarque était trop partial dans ses jugements sur Voltaire; il était aussi trop prodigue de personnalités injurieuses. Mais on ne peut nier qu'il n'eût beaucoup de savoir et beaucoup d'esprit, et que sa sévérité n'eût pu rendre de grands services à la littérature de l'époque, s'il ne s'était pas laissé entraîner à la passion du dénigrement.

SUR *LA MORT D'ADAM* (1).

Dans la pièce d'*Adam*, si quelqu'un m'intéresse,
En vérité ce n'est pas lui.
Adam meurt, il est vrai, mais il meurt de vieillesse :
Plaignons plutôt les gens qu'il fait mourir d'ennui.

A B.... L....,

SUR CE QU'IL AVAIT VAINEMENT FRAPPÉ AUX PORTES DE L'ACADÉMIE (2).

Les Muses sont fort exigeantes:
Il faut, quand on leur fait la cour,
D'un ardent et solide amour
Leur donner des marques puissantes.

(1) Le mauvais succès de cet opéra, dont la musique, quoique savante, était fort ennuyeuse, ne doit pas nous faire oublier que l'auteur des paroles, feu *Guillard*, avait composé le beau poème d'*Œdipe à Colonne*, l'un des chefs-d'œuvre de la scène lyrique.

(2) Il faut dire qu'à cette époque (1813) l'auteur à qui ces vers font allusion n'était pas encore réconcilié avait les académiciens, que ses satires avaient blessés. On lui a depuis rendu justice en l'admettant au nombre des quarante ; et ses anciens torts envers quelques gens de lettres ne m'empêchent pas de la considérer comme un des poètes qui font aujourd'hui le plus d'honneur à cette illustre compagnie.

Or, sur ce point que peux-tu? Rien.
Ainsi, du refus qui te vexe
Le vrai motif se conçoit bien :
Les Muses sont trop de leur sexe,
Et tu n'es pas assez du tien.

LA CONSOLATION DU POÈTE GASCON,

QUE L'ACADÉMIE N'AVAIT POINT ÉLU.

Qué voulez-vous qué jé vous dise ?
Ils m'accusaient dé vanité :
Pour montrer qué jé m'humanise,
Chez eux complaisamment jé mé suis présenté.
Du réfus qu'ils mé font bien loin qué jé les blâme,
Jé réconnais leur bonné foi :
Ces bonnés gens, sans doute, ont senti dans leur âme
Qu'ils n'étaient pas dignés dé moi.

A DAMAZE DE RAYMOND,

QUI, DANS UN ARTICLE DE LA GAZETTE DE FRANCE, S'APPLAUDISSAIT DE SA LÉGÈRETÉ (1).

Vante moins ta légèreté ;
Sois plutôt pesant, mais solide.

(1) C'est par erreur que, dans la *Biographie Universelle,* on attri-

Le beau mérite, en vérité,
D'être léger quand on est vide !

A UN PETIT POÈTE QUI FAIT LE MÉCHANT.

Là, là : plus doucement, ne fais pas le mauvais.
Tu n'en peux imposer qu'à de faibles courages :
L'ami, tu ne seras jamais
Aussi mauvais que tes ouvrages.

L'OMBRE DE J.-B. ROUSSEAU SUR VIGÉE,

QUI AVAIT ATTAQUÉ LA MÉMOIRE DE CE POÈTE.

En attaquant ma gloire il m'épouvante peu ;
D'un si pauvre aristarque elle n'a rien à craindre :
Ce n'est qu'un faible enfant soufflant sur un grand feu :
Il l'allume en voulant l'éteindre.

bue cette épigramme à Damaze de Raymond. Elle était, au contraire, dirigée contre ce critique, par feu Sévélinge, qui la tenait de F. P. Voici, au surplus, la réponse de Damaze de Raymond :

Perrin Dandin de la musique,
Aux doux chants de Grétry juge insensible et sourd,
Malgré les lois de la physique
Tu prouves qu'on peut être à la fois vide et lourd.

A C......, SUR SON DERNIER MOT.

La grammaire le dit : sottise vient de sot :
Cette origine est assez claire.
Mais, si l'on en doutait, j'ai là ton dernier mot
Qui prouve autant que la grammaire.

LE GASCON EN BONNE FORTUNE,

ANECDOTE.

« Vers minuit, dessous mon balcon.
» Ayez soin de prendre une échelle. »
Tel est le billet qu'un gascon
Reçoit un beau jour de sa belle.
A l'heure dite, au pied du mur
Le galant a soin de se rendre;
Mais, hélas ! on le fait attendre !
Attendre en hiver, c'est bien dur !
Il grelotte, il perd patience...
Un léger bruit au contrevent
Ranime sa douce espérance.
Transporté d'amour il s'élance
Et s'élève au but lestement.
On ouvre... O sujet d'épouvante !
Au lieu d'une femme charmante,
Un vieux rustre armé d'un bâton !

— Ah ! je t'y prends, dit le grison,
Que veux-tu ? quel sujet t'amène,
Et que fais-tu sur ce balcon ?...
— Cé qué jé fais !... jé mé proméne !

SUR L'ÉPITRE AUX SOTS,

PAR DESPAZE.

Que Despaze, auteur facile,
Écrive aux sots dans leur style,
C'est trop juste, en vérité,
Pourvu qu'au bas de sa lettre
Il ait toujours soin de mettre :
Salut et fraternité.

RÉPONSE

AUX DÉTRACTEURS D'UN AUTEUR ACCUSÉ DE PLAGIAT.

Il n'a jamais rien inventé ;
Hélas ! oui, c'est la vérité ;
Mais de ce tort involontaire
Sommes-nous plus exempts que lui ?
Nous qui le nommons aujourd'hui
Fripier d'écrits, vil plagiaire,
Mes chers amis, songez-y bien,
Nous-mêmes, nous n'inventons rien.

POURQUOI SE RECONNAIT-IL?

Hier, sans le nommer, je vous parlais d'un sot
Qui cite la grammaire et n'en sait pas un mot.
Martin, tout en fureur, aussitôt me harangue,
Pérorant, dissertant sans rime ni raison.
Que prouve-t-il par là? Qu'il ne sait pas sa langue,
Mais que, du moins, il sait son nom.

SUR UN PRÉLAT SAGE ET VERTUEUX.

Pieux avec simplicité,
Juste et ferme avec indulgence,
C'est dans un pur amour, c'est dans la charité
Qu'il a puisé cette éloquence
Dont le feu porte en nous une vive clarté,
Et des cœurs les plus froids bannit l'indifférence.
Savants instituteurs, ministres des autels,
Vous tous qu'il associe à ses soins paternels,
Le zèle ardent qui vous anime
En stériles efforts ne s'épuisera plus:
Vous avez pour leçons sa morale sublime,
Et pour exemple ses vertus.

SUR LES VERS
QU'UN MAUVAIS MÉDECIN AVAIT ENVOYÉS A L'AUTEUR.

Au diable soit le médecin
Qui, pour guérir mon insomnie,
M'adresse des vers sans génie,
Sans feu, sans goût, sans harmonie,
Tels que les faits *Campagne* (1), enfin ! ! !
Eh ! je le sais trop bien, malheureux empirique,
Que, pour l'effet soporifique,
Rien ne saurait les égaler.
Mais quand tu me prescris ce maudit narcotique,
Donne-moi donc, bourreau, moyen de l'avaler !

LE TROIS MAI 1814.

Le mardi trois mai, jour prospère,
Je criais fort : *Vive le roi!*
Un quidam, placé près de moi,
Doutait que mon vœu fût sincère.

(1) *Campagné* (Victor), véritable Desmazures, auteur de quelques satires tombées dans l'oubli. C'était de lui que M. Baour-Lormian disait dans son *Second Mot* :

« Et l'hébété Victor, à la mâchoire d'âne,
« Sous de sales haillons fièrement se pavane. »

« Ventrebleu ! lui dis-je, en colère,
» Je vois qu'il vous faut des garants :
» Eh bien ! en voici : *Je suis père,*
» Je veux conserver mes enfants (1). »

SUR UN BEAU PORTRAIT DE L'AUTEUR DE LA CHARTE. 1814.

Je voulais une galerie
Où l'on contemplât, à la fois,
Tous les grands princes, les bons rois,
Qui furent, dans leur temps, l'honneur de la patrie.
Ce tableau d'un grand maître accomplit mon souhait.
De Louis voilà bien l'image !
Grands rois, dont les vertus ont droit à notre hommage,
Je vous vois tous dans ce portrait.

LA RÉCONCILIATION,

OU LE BOUQUET DU ROI CONSTITUTIONNEL (1817) (2).

— De ce vieux royaliste évitons la présence.
— Laissez-moi fuir ce libéral ;

(1) Le conseil général du département de la Seine s'exprimait ainsi dans une proclamation aux habitants de Paris : « C'est lui (Napoléon) qui chaque année par la conscription décime nos familles. Qui de nous n'a perdu un fils, un frère, des parents, des amis ? pour qui tous ces braves sont-ils morts ? pour lui seul, etc. »

(2) A cette époque le ministère choisi par Louis XVIII s'effor-

—Eh! pourquoi donc vous fuir? il est bien temps, je pense,
De vivre en bonne intelligence.
C'est l'espoir de Louis; c'est le vœu général.
Vous, mon cher, qui rêvez encor la république,
Que voulez-vous? la liberté?
Ne l'avons-nous donc pas, grâce à la royauté,
Qui, sur la probité fondant sa politique,
Par sa charte philanthropique
Assure de nos droits l'heureuse égalité?
Et vous que ce seul mot enflamme de colère,
Marquis, honorez-nous d'un regard moins sévère;
Oubliez vos donjons et vos droits féodaux.

çait de concilier tous les intérêts, et passait pour semi-libéral. C'était beaucoup pour l'époque, où le parti ultra-royaliste ne cessait d'effrayer la cour sur les concessions que le sage monarque faisait aux idées du siècle. M. de Cazes disait à ce sujet : « Protéger tous les intérêts acquis, toutes les propriétés, maintenir une égalité complète devant la loi, ramener à l'oubli du passé, éteindre les haines, faire aimer le pouvoir en le faisant respecter, voilà ce que le gouvernement se propose, voilà la régle que lui a tracée le roi, qui, pour rappeler les paroles sorties de sa bouche, ne peut être roi de deux peuples, et ne peut avoir qu'une même justice. » Telle fut aussi, dans la suite, la politique du ministére Martignac. Pourquoi la maladie de Louis XVIII n'a-t-elle pas permis à ce monarque de soutenir son système jusqu'à la fin de son règne! Pourquoi l'infortuné Charles X n'a-t-il pas su connaître ses vrais amis!

Si vous ne régnez plus sur de pauvres vassaux,
Faites mieux, devenez leur père.
Allons! pour s'embrasser est-il un plus beau jour?
D'un vrai patriotisme et d'un cœur sans détour
Donnez-nous cette heureuse marque,
Et fêtez le digne monarque
Qui vous confond dans son amour.
De ce jour solennel admirable influence!
Je vois chacun de vous abjurer son erreur,
Et la haine, dans votre cœur,
Fait déjà place à l'indulgence.
Aimez-vous, aimez-vous! c'est là le vrai bonheur!
Moi, dit le partisan de la philosophie,
Je me réforme tout de bon;
Des Brutus de nos jours je ne prends plus leçon,
Et, pour nos libertés, de grand cœur je me fie
A la parole d'un Bourbon.
Et moi, dit le marquis, que ce mot édifie,
Je sais me faire une raison:
Ne parlons plus des droits de ma noble maison,
Sans regret je les sacrifie.
Tous alors de crier: Vive, vive à jamais
Le petit-fils du Béarnais!
Pour mon cœur quelle jouissance!
Vite un bouquet, leur dis-je... Eh non! toute la France

Répète notre vœu d'une commune voix :
L'union des esprits et le respect des lois
Sont le plus beau bouquet que la reconnaissance
Puisse offrir au meilleur des rois.

LES ILLUSIONS D'UN BON FRANÇAIS

A L'AVÉNEMENT DU ROI CHARLES X (1)

Que Dieu protége la patrie,
Dit mon cousin l'agriculteur.
Vivent les arts et l'industrie,
Répond mon frère le docteur.
— Vivent les lois et la justice !...
— Vive une douce piété,
Aux malheureux toujours propice !...
— Vive une sage liberté

(1) Il y avait dans ses manières ouvertes et cordiales un charme sympathique qui agissait également sur toutes les classes, et dont il avait fait une merveilleuse épreuve à Paris lorsqu'il s'était présenté comme précurseur de son frère. (Lacretelle, *Hist. de la Restauration.*) Mais, ainsi que le dit ailleurs le même historien, Charles X eut le malheur de ne pouvoir comprendre la royauté constitutionnelle. Deux choses manquèrent à cet homme aimable, bienveillant et religieux : connaître son siècle et se connaître lui-même.

Qui ne soit pas celle du vice !
— Vive la paix et la gaîté !...
Tels sont les propos et mille autres,
Que j'entends faire ; et moi je dis :
Mes enfants, vive Charles dix :
Ce vœu-là comprend tous les vôtres.

VERS POUR LA TOMBE DE DÉSAUGIERS.

Favori des neuf sœurs, arrête et prends ta lyre.
Sur un air brillant de gaîté,
De l'amour et du vin chante l'heureux délire :
Désaugiers te regarde avec un doux sourire,
Et goûte encor la volupté.

LE RETOUR EN FRANCE,

LE JOUR OU CHARLES X RÉTABLIT LA LIBERTÉ DE LA PRESSE.

16 avril 1824 (1).

Trompé par des bruits mensongers
Qu'une perfide malveillance

(1) Cette sage mesure excita un enthousiasme général. On crut voir l'aurore d'un beau règne. Hélas ! le prestige fut de courte durée.

Va semant contre nous sur des bords étrangers,
Tristement je rentrais en France.
Le voilà donc, disais-je en retenant mes pleurs,
Ce pays qui jadis eut toute ma tendresse !
Que vais-je y retrouver ? une sombre tristesse,
Et le patriotisme éteint dans tous les cœurs.
J'arrive... Quels accents dans mon âme attendrie
Font succéder soudain la surprise à l'effroi ?
J'entends de tous côtés crier : *Vive le roi !*
Vive de Charles dix la personne chérie !
Ah ! dis-je avec transport, Français, pardonnez-moi ;
Vous aimez encor la patrie !

ABDALA,

CONTE ORIENTAL.

Lecteur, je te préviens qu'en France,
Où nos vœux près du trône ont un si libre accès,
Où d'un roi bien aimé l'active prévoyance
Veille avec tant de soins à tous nos intérêts,
Mon conte oriental n'aura pas de succès.
Peut-être en aurait-il, grâce à la circonstance,
Sur les bords du Mançanarès (1).

(1) Ferdinand VII venait de rétablir la royauté absolue. Cette pièce a paru dans l'*Almanach des Muses* de 1826.

Ennuyé, fatigué de la rumeur publique,
Qui venait l'étourdir jusques dans son palais,
Abdala, prince despotique,
Prit un moyen assez comique
De passer tous ses jours en paix.
Il se boucha si bien et l'une et l'autre oreille
Qu'à deux pas de l'appartement
Dieu pour se fair ouïr eût tonné vainement.
Le pauvre prince, hélas! crut avoir fait merveille.
«Je suis donc, disait-il, au comble de mes vœux!
»Quelle tranquillité! que mon peuple est heureux!»
Dans cette illusion trompeuse
Il se livre sans crainte aux douceurs du sommeil:
Or je laisse à penser quelle lumière affreuse
Vint l'éclairer à son réveil;
De la sédition le sanglant appareil!
Sire, dit un aga, qui l'avait su défendre,
Les factieux vaincus rentrent dans le devoir;
Mon épée à mon prince a rendu son pouvoir;
Mais qu'à le conserver il daigne au moins prétendre.
Tout ce qu'on fait, il doit le voir;
Tout ce qu'on dit, il doit l'entendre.
— Eh! ne connais-tu pas les absurdes propos
Que répandent partout les méchants et les sots?
« — Sire, ils n'inventent par toutes les médisances.
»Par leurs propos injurieux

»Sur tous les intérêts ils vous éclairent mieux
»Que ne firent jamais les lâches complaisances
»De nos flatteurs ambitieux.
»A de coupables entreprises
»Ce peuple, croyez-moi, ne se sent point porté :
»Il lui suffit qu'il parle et se croie écouté.
»Enfin, pour me servir de paroles précises,
»Sire, il vaut cent fois mieux, pour votre majesté,
»Entendre par jour cent sottises
»Que de perdre une vérité. »

La liberté de parler et d'écrire
Est, comme au peuple, utile aux potentats :
Voyez la France, où nous pouvons tout dire :
Voyez l'Espagne, où l'on ne parle pas.

LE SECRET DES PALINODIES,

DIALOGUE ENTRE UN FRONDEUR DE FRAÎCHE DATE ET UN OBSERVATEUR. 1824.

L'OBSERVATEUR.

Comment, sous un tyran cruel,
Trouvais-tu tant de charme au pouvoir despotique,
Et comment aujourd'hui, sous un roi paternel,
Oses-tu nous parler de liberté publique ?
Un si prompt changement semble peu naturel.

LE FRONDEUR.

Dans le fond, mon cher, je regrette
Ce bon temps où l'usurpateur
Lisait mes rapports en cachette
Et me payait, sur sa cassette,
Le prix de mon secret labeur.
Le despotisme alors était bon à défendre;
Mais aujourd'hui tout est perdu;
Il faut changer de rôle; il faut, sans plus attendre,
Tant crier aux abus qu'enfin, las de m'entendre,
On me rende ce qui m'est dû.
Bref : voici mon secret; mon cher : j'étais vendu....

L'OBSERVATEUR.

Et maintenant?...

LE FRONDEUR.

Je suis à vendre.

SUR UN SOUVENIR D'AMITIÉ

QUE M. ARNAULT M'AVAIT DONNÉ PENDANT SON EXIL. 1820.

Alors qu'il fut puissant Arnault fut généreux.
J'ai chéri ses bontés sans flatter sa puissance.
Il daigne encor m'aimer quand il est malheureux.
Ah! ce trait comble tous mes vœux
Et double ma reconnaissance!

LA RECONNAISSANCE A LA MODE,

DIALOGUE.

FRÉPORT.

Wilson n'est plus ministre...

WASP.

Ah! que m'apprenez-vous?

FRÉPORT.

Un fait certain qui me désole.

WASP.

Et moi, monsieur, je m'en console.
Ce pauvre Wilson, entre nous,
Faisait depuis long-temps école sur école.

FRÉPORT.

Chacun a ses défauts...

WASP.

Oh! je soutiendrai, moi,
Que ce ministre avait des vices.
Vain, jaloux, avare, sans foi,
Spéculant sur des injustices;
N'ayant pour lois que ses caprices;
Des zélés serviteurs du roi
Comment payait-il les services?...

FRÉPORT.

Je l'ignore; mais vous, qui tenez ce discours,
Aviez-vous bien, monsieur, l'honneur de le connaître?..

WASP.

Si je le connaissais, le traître!
Je dînais chez lui tous les jours.

L'ILLUSION TROMPEUSE,

OU LA LEÇON DE STATIQUE. 1829.

Certain Nabab, jaloux de son autorité,
Fit un jour étrangler vingt conseillers utiles
Qui lui disaient la vérité,
Et donna leurs emplois à des flatteurs serviles
Toujours prêts à bénir sa royale équité.
« Quels bons, quels vrais amis (disait le pauvre prince)
» Je réunis autour de moi!
» Un seul de mes regards est pour eux une loi.
» Si quelqu'ambitieux attaquait ma province,
» Avec quel dévouement ils périraient pour moi! »
D'un monarque aveuglé chimérique espérance!
Hélas! au premier coup dirigé contre lui,
Par quelques factieux altérés de vengeance,
Il tombe sous le poids de sa toute-puissance,
Et de ses vils flatteurs le troupeau s'est enfui.

Quels rois pourraient être aujourd'hui
D'une assez grossière ignorance
Pour compter sur des points d'appui
Incapables de résistance?

ÉPITAPHE DE JACQUES II. (Mai 1829.)

Ci gît un prince anglais, né brave et généreux.
Il pouvait, il voulait rendre son peuple heureux;
Mais, par ses courtisans, forcenés catholiques,
Ce pauvre roi, fanatisé,
Osa fouler aux pieds les libertés publiques :
Deux fois chassé du trône, il mourut méprisé.

Avis au prince débonnaire,
Mais trompé par un fol espoir,
Qui, sur son trône populaire,
Rêverait l'absolu pouvoir.

SUR UN ARTICLE INCENDIAIRE.

C'est en vain que dans ton journal
Tu veux faire un appel à la guerre civile :
L'antidote est auprès du mal :
L'article est signé Mart......

A L'ASSASSIN DE RIÉGO. 1823.

De ta sotte fureur quand l'Europe est surprise,
Nous devons rendre grâce à la divinité.

C'est Dieu qui t'a donné cet excès de bêtise
Pour nous ouvrir les yeux sur ta perversité.

LE SÉNATEUR ET LE CROQUEMORT,

DIALOGUE SUR LE DÉCRET PORTANT QUE TOUS LES MEMBRES DU SÉNAT SERAIENT INHUMÉS AU PANTHÉON.

— Viens, maître Pierre, et parle avec franchise :
Nos sénateurs, avant d'être inhumés,
A l'avenir doivent être embaumés ;
L'affaire est bonne, en veux-tu l'entreprise ?
— Que bâillez-vous par trépas ? — Cent écus.
— Ajoutez-y quelque peu... — Rien de plus.
— Serviteur, donc : on doit à sa pratique
Fournir du bon ou ne pas s'en mêler :
Or, sur mon Dieu, pour un prix si modique,
C'est tout au plus si je puis vous saler.

A UN MALHEUREUX COPISTE DES ANCIENS PREUX. 1814.

Quand vous voulez singer les héros de l'histoire,
Ayez, du moins, bonne mémoire.
N'imitez pas ce sénateur
Qui, fier de conserver titres, emplois, richesse,
Mandait à sa moitié : « Dieu soit loué, comtesse !
» Nous ne perdons rien, fors l'honneur. »

VERS
INSPIRÉS PAR LA VUE INTÉRIEURE DES CATACOMBES.

Mes chers amis, c'est donc ici
Qu'un jour nous dormirons, libres de tout souci!
Pour ce sombre manoir, dernier séjour des hommes,
J'étais peu pressé de partir.
Mais, tout considéré, mes amis, nous y sommes:
Est-ce la peine d'en sortir?

SUR UN HOMME POLITIQUE.

— De toutes les couleurs prompt à se revêtir,
D'un vrai caméléon il a le caractère...
— De toutes les couleurs! ah, comme on exagère!
Je ne l'ai jamais vu rougir.

SUR UN FOUGUEUX ABSOLUTISTE. 1815.

De ce robin si prompt à requérir du sang,
Voulez-vous, en deux traits, une exacte peinture?
Déterrez de Marat la hideuse figure,
Et coiffez-la d'un bonnet blanc.

SUR UN PEINTRE D'ANIMAUX,

QUI PRÉSIDAIT A L'ENLÈVEMENT DE NOS TABLEAUX EN 1815.

Omég... du peuple français
N'attend plus de nouveaux bienfaits;
Il peut nous trahir sans rien craindre.
Eh bien ! qu'il insulte à nos maux :
N'est-il pas peintre d'animaux?
Il devait s'achever de peindre.

AU ROI DE BAVIÈRE (MAXIMILIEN-JOSEPH),

AU MOMENT DE QUITTER BADE EN 1822 (1).

Eh quoi ! me suis-je dit, loin de cette province,
Ingrat, tu vas te retirer

(1) Ce prince accueillait favorablement les Français. Il se souvenait d'avoir long-temps habité Paris, et il en regrettait le séjour. Il n'est pas permis d'oublier qu'à l'époque où la Bavière était soumise aux engagements de la sainte-alliance, Maximilien-Joseph donna asile à M. de La Valette, qui s'était soustrait, par miracle, au supplice capital, et que ce proscrit eut la liberté d'habiter, sous le nom de *Martin*, une campagne aux environs de Munich, malgré toutes les démarches faites par les puissances pour obtenir son extradition. Les habitants de Munich citent encore avec reconnaissance plusieurs traits de la vie de leur roi Maximilien, qui attestent la bonté de son cœur et sa loyauté.

Sans payer ton tribut à cet auguste prince
Qui d'un regard propice a daigné t'honorer !
Oui, sans doute, il a droit à ma reconnaissance.
Mais quand des fictions le palais enchanté
M'est fermé par la vérité,
Puis-je d'un vers heureux concevoir l'espérance !
Que de Maximilien célébrant la puissance,
Je chante ses vertus, sa magnanimité,
Sa noble popularité,
Qui, mieux que les traités de la sainte alliance,
Assurent son autorité,
Et relèvent encor l'éclat de sa naissance ;
Que je le nomme, enfin, le modèle des rois ;
Aurai-je à mon esprit donné libre carrière ?...
J'aurai dit seulement, d'une trop faible voix,
Ce que répètent à la fois
Tous les échos de la Bavière.

SUR LE DRAPEAU BLANC.

Le DRAPEAU BLANC ; ce titre est beau !
Mais l'auteur est connu, je pense :
Bon Dieu ! l'énorme différence
Entre son âme et son drapeau !

SUR LES PROJETS DE CERTAINS MINISTRES.

Juin 1829.

Français, que vous faut-il de plus
Pour juger notre ministère ?
Il ose proposer, sous un nouveau Titus,
Des lois dont rougirait Tibère.

LE MARI RESPECTUEUX.

Voyez-vous cet homme aux yeux doux
Qui d'une épouse jeune et belle
Porte avec tant de soin le mouchoir et l'ombrelle?
Toujours soumis, jamais jaloux,
C'est le modèle des époux.
Un jour il terminait une lettre à sa femme
Par ces mots que je vous transcris :
»Je suis avec respect, Madame,
»Le plus humble de vos maris. »

LA RÉPONSE NAÏVE.

L'autre jour en passant je vous traitai de sot.
Pourquoi me fîtes-vous une humble révérence ?
— Pardon ! je vous pris à ce mot
Pour un homme de connaissance.

SUR LES JÉSUITES, QUI ONT PERDU CHARLES X.

Ces vils cagots que Dieu renie
Vont criant à la calomnie;
Mais aucun d'eux n'est écouté :
On sait trop qu'envers cette engeance
Il faut outrer la médisance
Pour atteindre à la vérité.

PLACET AU CONSEIL DE RÉFORME.

Cinq dizaines, neuf unités
Composent aujourd'hui mon âge;
Et j'y joins le triste assemblage
De trois ou quatre infirmités.
Faudra-t-il, malgré ma réforme,
Remettre à neuf mon uniforme,
Racheter un pesant mousquet
Et dérouiller mon vieux briquet,
Quand, toujours souffrant et malade,
Mon bras, inhabile aux combats,
Pourrait à peine, en un repas,
A mes amis verser rasade?
Vraiment, messieurs, je sens très-bien
Ce que peut le patriotisme
Dans l'âme d'un bon citoyen
Qui n'a goutte ni rhumatisme;

Mais que lui sert ce beau civisme
Quand sa force est réduite à rien ?
Subissons la loi de nature :
Par un desservant trop âgé
Voyant son culte négligé,
Vénus m'a donné mon congé,
Et c'est en vain que j'en murmure.
Quand ce congé, de bon aloi,
M'est délivré par la déesse,
Le dieu Mars serait-il pour moi
Plus exigeant que sa maîtresse ?

A UN AGIOTEUR,

PARTISAN DÉCLARÉ DE LA CONVERSION DES RENTES.

1836.

C'est en vain que votre parti
Réclame une mesure au crédit si fatale.
Point de conversion, je vous en averti :
A vos dogmes honteux d'injustice légale,
Un prince, ami de la morale,
Ne sera jamais converti.

SUR CE QU'ON PROPOSE

DE GAGNER SUR LES RENTIERS DE QUOI MULTIPLIER LES CHEMINS DE FER. 1837.

De chaudières et de wagons
Il faut, dit-on, couvrir la France ;
Puis, brûler le grand-livre ; et, sans plus de façons,
Annuler des rentiers la dernière créance.
Ce projet-là part d'un bon cœur.
Si, pour former le gaz et nourrir la vapeur,
Du tiers-consolidé la souche est consumée,
Pour nos petits rentiers quel surcroît de bonheur !
Ils pourront vivre de fumée !

SUR LA MAJORITÉ OBTENUE EN 1828,

PAR LE MINISTÈRE JÉSUITIQUE.

Pour si peu de majorité,
A plein gosier chanter victoire,
C'est bien la peine, en vérité !
A qui donc ferez-vous accroire
Que vous avez tant de gaîté ?
Tous les poltrons, voyez Sosie,
S'en vont chantant quand ils ont peur ;
Il se pourrait que, de frayeur,

Votre âme fût un peu saisie.
Aurais-je dit vrai par hasard?
Eh bien! si c'est votre caprice,
Chantez votre succès factice;
Chantez vêpres, chantez l'office;
J'applaudirai fort pour ma part
Si, bientôt, vous rendant justice,
Vous chantez le *Chant du Départ*.

SUR L'APOLOGISTE D'UN TRANSFUGE.

Au procès de *******, je dois le reconnaître,
Maître Martin peut prendre part:
N'est-il pas naturel qu'un traître
Soit défendu par un mouchard?

LE JUSTE MILIEU EN LITTÉRATURE.

De l'ornière classique il faut sortir sans doute.
Mais pourquoi te jeter, romantique insensé,
Dans le fossé bourbeux où *** a versé?
Ne peux-tu te frayer une nouvelle route
Entre l'ornière et le fossé?

A L'ÉDITEUR D'UN JOURNAL NOUVEAU.

Pour prête-nom de ta grande entreprise
Tu n'as besoin que d'un sot éprouvé.

Vois comme à point le ciel te favorise :
Un baron s'offre, et le sot est trouvé.

MOYEN DE PAYER LES DETTES NATIONALES.

Vous devez de l'argent et vous n'en avez pas.
Faut-il donc tant d'impôts pour sortir d'embarras ?
Mettez-en sur l'orgueil : la patrie est sauvée :
Pour acquitter la dette il suffit de ***

COUPLETS

CHANTÉS AU RETOUR DE M. ARNAULT, EXILÉ.

5 décembre 1819.

Air : *Versez donc, mes amis, versez.*

A l'auteur de Germanicus,
Mes amis, il est temps de boire :
A ses talents, à ses vertus,
A son infortune, à sa gloire !
Versez donc, mes amis, versez,
Je n'en puis jamais boire assez.

Honte au proscripteur des Français (1),
S'il a soif, que le misérable

(1) On connait assez l'homme qui dressa la liste des proscrits de 1815.

Boive le mépris à longs traits
Dans une coupe inépuisable.
Versez donc, etc.

Tartuffe prêchant la douceur,
Pourquoi ce fer sous ton cilice?
Loin de nous l'odieux buveur
Qui profane le saint calice!
Versez donc, etc.

Bourré de honte et de pâtés,
Buvez, lourds députés du centre,
Buvez à flots précipités,
Pour laver l'âme avec le ventre.
Versez, etc.

Mais pendant que je suis en voix
Je veux invoquer Melpomène.
Pourquoi non? tout ce que je vois
Peut, un jour, enrichir la scène.
Versez, etc.

Au premier acte un beau pardon (1)
Qu'au second bientôt l'on rétracte (2).

(1) L'article 11 de la Charte portant que toutes recherches des opinions et des votes étaient interdites.

(2) La loi dérisoire de l'amnistie, qui condamne à l'exil les hommes les plus distingués du gouvernement impérial.

Aux deux suivants, exils, prison...
Laissons venir le dernier acte (1).

Versez, donc mes amis, versez,
Je n'en puis jamais boire assez.

SUR LES CRIS DE MORT

POUSSÉS CONTRE LES MINISTRES DE CHARLES X, TRADUITS DEVANT LA COUR DES PAIRS.

Français, ils sont vaincus; ils sont en ta puissance
Ces tristes conseillers d'un roi
Qui n'a pu gouverner la France.
Vois des remords dans leur effroi;
Et, t'inclinant devant la loi,
Retiens dans le fourreau le fer de la vengeance.
Terrible au milieu des combats,
Généreux après la victoire,
Le peuple a recueilli tant de titres de gloire !
O Français ! en un jour ne les déchirons pas.

A UN MAUVAIS PLAISANT.

Crois-moi : renonce au persiflage;
Tu n'entends rien à ce langage,

(1) La révolution de juillet a trop bien justifié cette prédiction.

Et de tes airs moqueurs à la fin on est las.
Tu fais le suffisant, pauvre homme ; quel dommage
Que ton esprit ne le soit pas !

LE JUSTE MILIEU,

CHANSON.

Air de Ladurner.

Qu'un amant chante sa maîtresse ;
Que le diable chante au sabbat,
Qu'un bousingot chante Marat,
Qu'un roi bigot chante la messe ;
Je veux chanter aussi, morbleu,
Et chanter le juste milieu.

Condamnez-vous à l'abstinence,
Votre abdomen s'aplatira :
Enivrez-vous, le choléra
Punira votre intempérance.
Entre ces deux excès, morbleu,
Sachez prendre un juste milieu,

Saignons, saignons, mes camarades,
Saignons toujours, nous dit *Boursais* :
L'autre dit : Ne saignons jamais.
Que feront nos pauvres malades ?
Docteurs, entendez-vous un peu,
Et prenez un juste milieu.

Vous connaissez la fille à Blaise
Et la femme de Gros-René :
Avec l'une on est trop gêné ;
Avec l'autre on est trop à l'aise.
Pour goûter le plaisir, morbleu,
Il nous faut un juste milieu,

Monsieur Musard, près de sa blonde,
La fatigue de sa lenteur,
Et Tirsis, trop fameux jouteur,
Prend le chemin de l'autre monde :
Mes amis, ni trop, ni trop peu :
Observons un juste milieu.

En amour un enfant novice
A plus d'ardeur que de pouvoir !
Eh ! que faire dans un boudoir
D'un vétéran hors de service ?
Le joueur solide à ce jeu
C'est l'homme du juste milieu.

Jadis un maître despotique
Nous donnait des fers et du pain.
Tout un peuple mourait de faim
Au bon temps de la république.
Point de fers, mais du pain, morbleu !
Tenons-nous au juste milieu.

Tout libéral est honnête homme ;
Mais puis-je voir un libéral
Dans le fou qui, d'un ton brutal,
Me dit : Sois libre, ou je t'assomme ?
Plus tolérants, sachons, morbleu,
Faire aimer le juste milieu.

Et ce jésuite fanatique
Le voyez-vous intrigailler ?
Ne pouvant plus nous mitrailler,
Il nous pousse à la république ;
Mais ce que nous voulons, morbleu,
C'est un roi du juste milieu.

Veut-on la guerre et la famine,
La banqueroute et les cachots ?
Laissez faire les bousingots :
Ils y joindront la guillotine.
Mais on se flatte en vain, morbleu,
D'enfoncer le juste milieu.

J'aime les chants patriotiques,
Mais non les sinistres clameurs
Qui font accourir les voleurs
Et fermer toutes les boutiques.
Voudrait-on nous piller, morbleu ?
En avant le juste milieu.

Qu'importe qu'un ogre en furie
Soit coiffé de rouge ou de blanc?
Quels qu'ils soient, les hommes de sang
Sont le fléau de leur patrie:
Ce n'est qu'entr'eux et nous, morbleu,
Qu'il n'est point de juste milieu.

Mais c'est trop le prendre au tragique.
Laissons ces fous déraisonner:
J'entends la cloche du dîner,
Au diable soit la politique!
A table! et gardons-nous, morbleu,
D'oublier le coup du milieu.

SUR LE DRAME INTITULÉ : *LE ROI S'AMUSE.*

— S'amuse-t-il vraiment, ce prince libertin
Qu'un drame hétéroclite à nos regards expose?
— Hé! je ne dis pas non : un tyran si malin
Est homme à s'amuser de l'ennui qu'il nous cause.

A L'AUTEUR D'UN DRAME TOMBÉ.

Eh bien! de mes avis tu ne fais aucun cas?
Tu les traites de radotage?
Voilà pourtant, voilà ton pauvre drame à bas,
Et ta personne, même, en butte au persiflage.

Que faire maintenant ? ne pas perdre courage.
Transporte *extra muros* ton œuvre du démon,
Tes diables, tes bandits et ton niais poltron,
Tes brouillards et ton clair de lune,
Ta guillotine et ton canon,..
Alors, loin des sifflets, dont le bruit t'importune,
Je puis te garantir un retour de fortune...
Au théâtre de Charenton.

SUR LA DEMI-CONVERSION D'UN CLASSIQUE.

Toujours épris du vieux classique,
D'Herbelin, vers le romantique
Fait quelques pas, mais à regret :
D'une vieille et lourde perruque
Il n'ose plus charger sa nuque,
Mais il garde son faux-toupet.

SUR *HERNANI*,

DRAME ROMANTIQUE.

J'ai lu de tout, et tout livre m'est bon.
J'ai lu Ronsard, j'ai lu Gâcon ;
Aujourd'hui même, j'imagine
Que je lirais cent fois tous les vers de Racine ;

Mais si l'on me disait : Tu liras *Hernani*,
Pour le coup je dirais *nenni* (1) !

SUR UN MÉLODRAME

REPRÉSENTANT LA COUR DE HENRI III.

Tout jure dans sa pièce, à nulle autre pareille.
Ses Guisards, ses Valois, ses mignons dissolus,
Comme de vrais païens à l'enfer dévolus,
De leurs nombreux jurons offensent notre oreille.
— Et l'auteur ?.. — Il jure encor plus
Sur la scène où régnait Corneille.

AUX ROMANTIQUES DU JOUR.

Qu'une célébrité factice
Trompe encor quelques ignorants,
Le temps bientôt en fait justice
Et démasque les charlatans.
Je ne vous dirai pas combien en peu d'années
J'en ai vu passer sans retour
De ces merveilles tant prônées
Qui charmaient la ville et la cour.

(1) Richelet veut qu'on prononce *nani*.

Des romans de Ducray la fadeur enfantine,
De Vadé l'Apollon poissard,
Et les fils de Fingal chantant dans le brouillard,
Et Robert le brigand et l'honnête Justine
Pour jamais sont mis à l'écart.
J'ai vu du Malabar la déplorable veuve
Sur son bûcher désert mourir *incognito;*
Jeannot et les Pointus, Nicodême, Ricco,
Cadet Roussel, madame Ango
De notre humeur changeante ont aussi fait l'épreuve.
Pix......t lui-même est réduit à zéro.
Allons, à votre tour, Dum.. et Sainte-B....,
A votre tour, Victor H.... (1).

(1) On m'accusera peut-être d'agression envers des hommes qui jouissent aujourd'hui d'une réputation très-étendue; mais ce serait à tort qu'on me ferait ce reproche. Non, ce n'est ni M. Hugo, ni M. Dumas, ni M. de Sainte-Beuve que j'attaque; ce sont leurs doctrines littéraires. Celles du premier, surtout, me paraissent essentiellement fausses et propres à corrompre le goût. M. Hugo avait débuté dans la carrière par de belles odes, où l'impropriété hyperbolique de l'expression n'obscurcissait pas trop le grandiose de la pensée. On applaudit justement à son heureuse hardiesse; mais, trop encouragé par ces premiers succès, il crut en mériter de plus grands encore en portant cette hardiesse jusqu'au dernier excès de la bizarrerie; et l'ambition de révolutionner la langue poétique le fit malheureusement tomber... je n'ose dire dans quel abîme. Puisse-t-il être encore maître d'en sortir! Puisse-t-il reconnaître enfin que

L'HOMME DU TIERS-PARTI. 1836.

— A quoi reconnaît-on l'homme du tiers-parti?
— En deux mots je vais te le dire :

le propre du génie est de se manifester par une audace que ne réprouve point la raison. Je ne saurais mieux faire, au surplus, pour justifier mon opinion sur ce poète, que de rapporter ici les paroles d'un critique habile (M. Jules Janin) qu'il compte, je crois, au nombre de ses amis, et dont il ne récusera sans doute pas l'impartialité.

« Esprit d'une nature forte et large, M. Victor Hugo a fait un système de ses défauts, qui, *de jour en jour, envahissent son talent.* Il s'est fait une manière au lieu d'en avoir une. Il s'est imposé les bizarreries qu'il a long-temps dédaigné de corriger : il semble qu'il ait pris les conseils de la critique comme tant de fils reçoivent les avis de leurs pères. Il lui a semblé *qu'il ferait de l'indépendance par de l'entêtement,* et il a conçu l'espoir de faire une beauté d'une *infirmité* ou d'un *ridicule*, en s'en vantant, et en y persévérant. »

Je ne suis point assez mal organisé pour ne pas rendre justice aux belles pages qu'on trouve dans sa *Notre-Dame de Paris ;* je me plais à reconnaître que sa prose est beaucoup moins bizarre et moins *infirme* que ses dernières poésies ; mais c'est comme dramatiste et comme lyrique qu'il annonce aujourd'hui le plus de prétention ; or, je ne crois pas trop m'avancer en disant que ni ses drames, ni ses opéras, ni ses *Voix intérieures* ne passeront à la postérité.

M. Dumas aussi a donné dans les écarts du style romantique, mais avec moins d'exagération que M. Hugo. L'originalité de sa manière est peut-être moins vraie que systématique ; mais elle ne

Après un portefeuille à toute heure il soupire,
Et son plus grand désir est de voir Thiers parti (1).

A ***,

QUI, APRÈS AVOIR ÉTÉ OPPOSÉ AU MINISTÈRE ***, LUI EST MAINTENANT DÉVOUÉ.

Eh quoi! ce ministre inhabile
Dont le nom suffisait pour t'émouvoir la bile,
A ses pieds aujourd'hui te tient obéissant!
Hélas! il est donc vrai que l'homme en vieillissant
Devient égoïste et servile!

va pas jusqu'à l'amphigouri. M. Dumas a d'ailleurs de l'élan, des vues dramatiques, et une entente de la scène, qui le distinguent avantageusement des autres coryphées de l'école nouvelle.

Quant à M. de Sainte-Beuve, je ne puis en conscience admirer ses vers. Nul doute qu'il ne discute avec esprit, qu'il n'écrive en prose avec élégance. Ses analyses sont très-subtiles: ses paradoxes sont ingénieux; mais les sophismes de La Motte et ceux de Fontenelle avaient-ils moins d'art et de finesse? On sait ce qu'ils sont devenus.

(1) Cela était vrai lorsque M. Thiers siégeait avec M. Guizot dans le conseil des ministres. Les choses ont subi depuis de notables modifications, et le tiers-parti n'est plus ce qu'il était il y a dix-huit mois. Est-ce un bien? est-ce un mal? je ne suis pas juge.

INSCRIPTION

POUR LA TOMBE DE CH. MEYNIER, PEINTRE D'HISTOIRE.

Peintre savant, bon maître, époux tendre et fidèle,
Le ciel a voulu te former
Pour être des vertus le plus touchant modèle.
Sommeille en paix, Meynier, toi dont l'âme est si belle :
Qui pouvait la connaître et ne te pas aimer ?

AUX FINANCIERS MODERNES,

SUR LE PROJET DE RÉDUIRE LES RENTES (1).

1836.

Allons, honnêtes financiers,
Achevez votre bel ouvrage.

(1) M. de Vil..., homme d'esprit et de sens, pouvait, il y a quinze ans, sinon justifier, du moins motiver son projet de réduire les rentes. Nous sortions à peine de la grande crise qui avait amené la restauration, et il paraissait juste à quelques publicistes d'indemniser les émigrés privés de leurs biens. Mais aujourd'hui que la marche du gouvernement est satisfaisante, que les plaies de l'État sont fermées, et que la probité, l'humanité sont les premiers mobiles de l'autorité royale, où est la nécessité de ravir le dernier morceau de pain au pauvre rentier, qui, ayant déjà perdu, par une banqueroute, les *deux tiers* de sa créance, devait voir, dans ce qui lui restait, un véritable *tiers-consolidé?* J'ose assurer que le crédit public perdrait à cette opération immorale tout ce qu'y gagneraient les agioteurs.

Pour enrichir l'agiotage
Dépouillez nos petits rentiers.
La méthode n'est pas nouvelle ;
Certain de s'enrichir par elle,
Terrai deux fois en fit l'essai ;
Puis, Vil,... pilla Terrai :
A vous, messieurs, pillez Vil.....

SUR LE MÊME SUJET.

1836.

Quoi ! loin de prendre avec courage
La cause du petit rentier,
Ce faux libéral, faisant rage,
Veut qu'on nous traite sans quartier !
— Oui, sans doute, il fait son métier.
La bourse est une loterie
Où, dupe de son industrie,
Il s'est fourvoyé comme un sot.
Dans l'infernal agiotage
Qui mettra la France au pillage,
Il prétend rattraper son lot.

SUR L'ATTENTAT DU 25 JUIN 1835.

Qu'entends-je, ô ciel ! quels cris d'effroi !
D'un nouveau Ravaillac l'odieuse furie

Menace-t-elle encor les jours sacrés du roi !..
C'en est fait : le coup part ! ! ! France, rassure-toi :
Un Dieu veillait sur la patrie.
Oui, contre les auteurs de ces lâches forfaits,
Un Dieu bienfaisant nous protége;
Il veut confondre, et pour jamais,
Leur espérance sacrilége.
Déjà de ces méchants qu'un peuple entier maudit,
En impuissants efforts la rage se consume :
C'est un torrent fangeux qui rentre dans son lit,
En jetant sa dernière écume.

A MESSIEURS TELS ET TELS,

SUR LE NOUVEAU PROJET DE RÉDUIRE LA RENTE (1).

1836.

Quand, sous un prince faible, un financier gascon
De Law et de Terrai voulait suivre la route,
Fulminant contre ce brouillon,
Vous flétrissiez la banqueroute,
Et vous aviez cent fois raison.
Pourquoi donc, tout-à-coup, changez-vous de langage ?

(1) Lorsque la Chambre des Pairs eut, en 1824, rejeté le projet de réduction que reproduisent aujourd'hui quelques faiseurs d'affaires, « la joie de Paris fut celle d'une ville qui se voit délivrée » d'un long siége et des horreurs de la famine. Toute la France y » prit la part la plus vive. » (*Hist. de la Restauration.*)

Pourquoi, favorisant un vil agiotage,
Vantez-vous aujourd'hui des projets financiers
Que vous traitiez de brigandage?
Pourquoi vouloir, enfin, qu'un roi juste, un roi sage
Déchire imprudemment le contrat qui l'engage
Envers de pauvres créanciers,
Dont, aux deux tiers déjà, l'on a rogné le gage?
J'en suis fâché pour vous, messieurs, mais chacun voit
Combien votre conduite est louche;
Et l'Ésope français vous dirait, à bon droit:
« Ne plaise à Dieu que je couche
» Avec vous sous même toit:
» Arrière ceux dont la bouche
» Souffle le chaud et le froid (1)! »

A MES ENFANTS,

RÉUNIS AU BANQUET DU JOUR DE L'AN.

Oui, je le sens plus que jamais,
C'est une époque fortunée
Que le premier jour de l'année!
Il vous a rassemblés à mes yeux satisfaits;
Et je puis, dans cette journée,
Vous parler des vœux que je fais.
C'est dans le même sein que vous prîtes naissance;

(1) La Fontaine, fable du *Satyre et le Passant*.

Ce fut le même lait qui nourrit votre enfance.
Amis ! n'allez jamais séparer votre sort !
Aimez-vous, aidez-vous : rien ne pourra, j'espère,
De la mère et du fils, de la sœur et du frère,
Altérer le touchant accord.

Ne blâmez pas ma prévoyance ;
Le temps court ; mon heure s'avance.
Jeune encor par le cœur, par les ans je suis vieux ;
Et je connais du sort la fatale inconstance.
Contre ses coups injurieux,
Prêtez-vous donc, enfants, en tous temps, en tous lieux,
Une fraternelle assistance.
Vous me verrez moins triste au moment des adieux,
Si j'emporte cette espérance !

Post scriptum.

Après ce court accès de sensibilité
Je ferai trêve à la morale.
Arrière l'humeur doctorale
Qui d'un banquet joyeux bannirait la gaîté !
La gaîté, mes amis, ne m'est pas étrangère.
Loin que je la repousse avec un front sévère,
Je lui livre mon âme en ces moments si doux.
Versez donc, mes enfants !... buvez à votre mère,
Et je fais chorus avec vous.

FIN.

www.ingramcontent.com/pod-product-compliance
Ingram Content Group UK Ltd.
Pitfield, Milton Keynes, MK11 3LW, UK
UKHW031900260826
14628UKWH00002B/888

9 782019 211721